TRAUMTREFFER!

LEON KICKT SICH DURCH

© privat

Julien Wolff, 1983 in Hamburg geboren, ist dem Fußball seit seiner Jugend verfallen. Nachdem er jahrelang selbst spielte, begann er nach dem Abitur über den schönsten Sport der Welt zu schreiben. Seit 2003 arbeitet er für die »Welt« und »Welt am Sonntag« und berichtet seit 2011 über den FC Bayern und die Nationalmannschaft. Julien Wolff lebt in München, ist als Experte regelmäßig bei »Sky« zu sehen und begeistert sich besonders für den Jugendfußball und die Talentförderung.

JULIEN WOLFF

TRAUMTREFFER!

LEON KICKT SICH DURCH

CARLSEN

Dies ist ein fiktionales Werk. Alle Figuren, Organisationen und Ereignisse entspringen der Fantasie des Autors oder sind fiktionalisiert.

FSC www.fsc.org
MIX
Papier aus verantwortungsvollen Quellen
FSC® C083411

Originalausgabe
Februar 2019

Lektorat: Rebecca Wiltsch
Herstellung: Karen Kollmetz
Umschlagbild: shutterstock.com © Valua Vitaly/Andrey Yurlov/
freestyle images/belov1409
Umschlaggestaltung: formlabor
Corporate Design Taschenbuch: bell étage
Gesetzt von Dörlemann Satz, Lemförde
ISBN: 978-3-551-31698-1

Für alle, die nach den Sternen greifen.
Streckt euch weiter.
Bis ihr sie berührt.

VORWORT

Genau wie Leon in diesem Buch und vielen anderen Jugendlichen, die davon träumen, Fußballprofi zu werden, erging es auch mir. Auf dem Weg zur Erfüllung dieses Traumes musste ich immer wieder Stolpersteine überwinden. Es war eine große Herausforderung, das Gymnasium mit den vielen Trainings und Spielen zu verbinden. Und mir stellte sich oft die Frage, ob es sich lohnt, viel von der Kindheit für den Traum von der Bundesligakarriere zu opfern. Vor allem weil ich bis zu meiner ersten A-Jugend-Saison nie als besonders talentiert galt – und wohl auch nicht war.

In diesem Jahr dann habe ich allerdings gemerkt: Ich kann mit den besten Spielern meines Alters mithalten. Als ich das erkannte, entflammte endgültig das Feuer in mir, es »nach oben« schaffen zu wollen. Davor hatte ich es einfach nur geliebt, Fußball zu spielen – ohne die realistische Vorstellung zu haben, dass ich Profi werden kann. Und das allein kann Grund genug sein, um es zu schaffen.

Viele Kinder und Jugendliche fragen mich, was man tun muss, um Fußballprofi zu werden. Meine Antwort: Sie sollen einfach Spaß haben, so viel spielen wie möglich und sich auf dem Platz austoben. Das ist meiner Meinung nach die wichtigste Vorrausetzung, um auch schwierige Situationen zu meistern.

Mats Hummels

1 GRÄTSCHE INS GLÜCK

Leon sieht noch, wie sich seine Stollen in den Oberschenkel des Jungen bohren. Ein fetter Tropfen Blut spritzt ihm entgegen. Kommt wie in Zeitlupe immer näher. Leon schließt reflexartig die Augen und kracht auch mit dem Oberkörper in den Jungen.

Als er die Augen wieder aufmacht, liegt der Junge im blau-weißen Trikot vor ihm. Er schreit vor Schmerz und hält sich das Bein. Der Ball liegt frei zwischen den beiden. Leon reagiert sofort, legt noch im Liegen sein rechtes Bein um den Ball und wirft seinen Blick in Richtung des Schiedsrichters, der aus der anderen Spielfeldhälfte auf sie zuläuft. *Der Schiri sieht irgendwie aus wie Matthias Schweighöfer*, denkt Leon. Dann konzentriert er sich wieder. Und der Schweighöfer-Schiri reißt die Arme hoch. Die Geste für: Weiterspielen! Guter Mann, findet Leon. Er hat ja nicht nur den Jungen getroffen, sondern auch den Ball gespielt, da ist er ganz sicher. Die Grätsche hat sich gelohnt. Leon wundert sich kurz über sich selbst. Seine Freunde sagen, er sei der liebste Mensch überhaupt auf der Welt. Außerhalb des Spielfeldes. Aber auf dem Fußballplatz, da gibt es kein Mitleid. Da gibt es nur Gewinnen oder Verlieren. Und für Leon gibt es nur Gewinnen.

Er reagiert jetzt blitzschnell, drückt sich mit den Armen vom Rasen ab. Er glitscht weg, der Platz in Oberaudorf ist an diesem Sonntagnachmittag nach einer Woche Dauerregen völlig aufgeweicht. Zwei andere Jungs in blau-weißen Trikots rauschen ihm entgegen. Leon macht einen Übersteiger nach rechts und ist damit den einen schon mal los. Der andere Gegenspieler steht jetzt direkt vor ihm und Leon spitzelt ihm den Ball mit seinem starken linken Fuß durch die Beine. Getunnelt. *Höchststrafe, Dicker!*, denkt Leon und ihm huscht ein Grinsen über das Gesicht.

Er sprintet mit dem Ball am Fuß auf die Linie des 16 Meter-Raums zu. *Zwei gegen zwei, come on jetzt, Mann*, hört er eine Stimme in sich sagen. Vor ihm haben sich zwei Abwehrspieler aufgebaut. Der eine ist tief in die Knie gegangen und lauert darauf, dass Leon ihm mit seiner Körperhaltung verrät, auf welcher Seite er an ihm vorbeiwill. Der zweite Verteidiger stellt den Raum zu.

Leon sieht, wie Marko links neben ihm auf das Tor zuläuft und mit der Hand nach vorn zeigt. Das Zeichen für: *Hier, spiel mir in den Lauf!* Wie oft haben sie das im Training geübt …

Viermal die Woche, immer wieder. Pressing, Laufweg, Abschluss. Aber im Spiel ist eben alles schwieriger. Normalerweise zumindest. Heute ist alles ganz einfach für Leon. Wie im Training.

Leon holt aus, als würde er voll abziehen wollen. Sein linker Fuß – seine »Waffe«, wie die Jungs in der Kabine immer ehrfurchtsvoll sagen – schwingt auf den Ball zu. Er sieht kurz hoch und bemerkt, wie der eine Abwehrspieler sein Bein ausstreckt, um den erwarteten Schuss zu blocken. Doch Leon schießt nicht. Er stoppt im letzten Moment, lässt den Verteidiger ins Leere rutschen, schaut zu Marko und spielt rüber. Marko nimmt den Pass an, dribbelt an dem zweiten Abwehrspieler vorbei, schaut den Torwart aus und schiebt den Ball in die rechte Ecke. SV Oberaudorf: 3. Sportfreunde Gmund: 0.

Leon strahlt und läuft zu Marko. Der ist bereits Richtung Eckfahne abgedreht und führt den Salto vor, den er sich bei Pierre-Emerick Aubameyang abgeschaut hat. Die Rentner und Eltern an der Seitenlinie klatschen, die Ersatzspieler ihrer Mannschaft reißen die Fäuste in die Höhe und hüpfen euphorisch auf Leon und Marko zu.

»Läuft bei dir, Junge!«, sagt Leon lachend, als er zum Jubeln in Markos Arme springt. Leons mittellange blonden Haare sind vom Regen total nass und kleben ihm auf der Stirn.

»Megapass, Bro. Ganz ehrlich. Mega«, antwortet Marko und schiebt Leon von sich weg. »Aber bis in die Kabine trage ich dich nicht, mit deinen dicken Oberschenkelmuskeln bist du mir zu schwer!« Beide lachen und laufen zurück in ihre Hälfte, klatschen mit ihren Kollegen ab. Der Torwart aus Gmund holt mit hängendem Kopf den Ball aus dem Netz und wirft ihn wütend Richtung Mittellinie. Seine Mannschaft hat an diesem Tag keine Chance, Tabellenführer Oberaudorf ist in dieser starken Form eine Klasse für sich. Der Schweighöfer-Schiedsrichter pfeift wieder an, die Gmunder spielen den Ball ein paarmal hin und her, dann pustet der Schiri wieder in seine Pfeife. Schluss.

In der Kabine steht der Dampf. Leon kann seine schwarzen Socken kaum sehen, die er sich gerade anzieht. Der Geruch von Deo zieht in seine Nase.

11 Jungs haben in dem engen Klubgebäude gerade geduscht und feiern jetzt den Sieg. Marko hat sein Smartphone mit der FC-Barcelona-Schutzhülle per Bluetooth mit einer Lautsprecherbox verbunden und die ganze Mannschaft wippt mit den Köpfen zu seiner Playlist. Gerade läuft *Alles wird gut* von Bushido, der Bass dröhnt, die leeren Wasserflaschen auf der Massageliege mit dem aufgeplatzten blauen Polster kippen um. Marko rappt mit: »Keiner hält dich mehr auf. Komm, lass dich fallen, Junge.

Heb den Kopf und blick einfach nach vorn, und jetzt versuchs – alles wird gut!«

Leon sieht ihm lachend zu und zieht seine Jacke über. Er wirft seine verschwitzte Hose, seine dreckigen Stutzen und sein nasses Trikot in die Tasche, die Jogi in die Mitte der Kabine gestellt hat. Seit zwei Jahren trainiert Jogi die C-Jugend-Mannschaft, vorher hatte er die Jungs schon in der D- und E-Jugend. Jogi heißt eigentlich Christian, aber weil er immer noch so häufig diese Pullover mit V-Ausschnitt trägt, die Jogi Löw vor Jahren mal berühmt gemacht haben, nennen ihn alle Jogi. Christian fand das am Anfang gar nicht lustig, aber er hat sich daran gewöhnt. Und kann inzwischen darüber lachen. Für die Jungs ist er wie ein älterer Bruder, mit dem man seine Späße macht, vor dem man gleichzeitig aber auch verdammt viel Respekt hat.

»Ich muss los. Will noch bisschen Netflix schauen. Hau rein, Dicker«, sagt Leon.

»Hau rein«, antwortet Marko. »Wir sehen uns am Dienstag beim Auswahltraining.«

Leon greift seine Tasche und will gerade los, als ganz plötzlich die Musik ausgeht.

»Eeeey!«, brüllt Marko. Er wirft seinen Blick zur Lautsprecherbox, und als er sieht, dass es keiner von den Jungs war, sondern Jogi da steht und die Stopp-Taste gedrückt hat, ist er wie alle anderen ganz still.

»Jungs, ganz kurz«, sagt Jogi. »Ich will euch sagen, dass ich stolz auf euch bin. Das war ganz stark heute. Von allen. Ihr seid erst 15 und habt gespielt wie echte Männer. Und Extralob an euren Kapitän. Leon …« Jogi lässt seinen Blick durch die vernebelte Kabine schweifen, kneift die Augen zusammen und entdeckt ihn schließlich. »Leon, zwei Dinger selbst geknipst, drittes Weltklasse aufgelegt – Hut ab, Junge. Einmal Applaus bitte für ihn und euch alle.«

Die Jungs klatschen, Marko haut sich johlend selbst auf die Schulter. »Ich war auch megastark heute. Das 3:0 hätte Lewandowski auch nicht besser gemacht. Ich sag nur: eiskalt.« Jogi lacht und Leon geht grinsend aus der Kabine. »Ciao«, ruft er in den Duschnebel, als er die Kabinentür zufallen lässt.

Die Sonne geht unter und sieht am Horizont aus wie ein fetter Feuerball. Leon kramt gerade den Schlüssel für sein Fahrradschloss aus der Jackentasche, als er hinter sich Schritte hört.

»Leon, hast du einen Moment für mich?«

Leon dreht sich um und erkennt im Licht der Laternen sofort, wer vor ihm steht. Thomas Wenzing!

Leon hat jeden Artikel verschlungen, der im *Münchner Merkur* über Wenzing und dessen Arbeit erschienen ist. Zu Hause legt sein Papa die Zeitung morgens immer auf den Esstisch, und jeder in der Familie kann den Teil nehmen, der ihn am meisten interessiert. Die Aufteilung ist immer gleich: Leons Vater greift sich den Politik-Teil, seine Mutter den Bayern-Teil und Leon immer den Sport.

Thomas Wenzing, der Leiter des Nachwuchszentrums des FC Bayern. Leon erinnert sich noch genau daran, wie die Zeitung Wenzing kürzlich als den besten Talentförderer des Landes bezeichnet hat.

»Klar habe ich Zeit, Herr Wenzing«, sagt Leon.

Wenzing schaut ihn überrascht an. »Du kennst mich also, ja?«

Leon schmunzelt. »Ich lese Zeitung.«

Wenzing lächelt. »Das ist gut. Dann ahnst du ja wahrscheinlich, was ich von dir will.«

Die Frage wirft Leon aus der Bahn. *Nein, weiß ich gar nicht*, denkt er sich. Leon ist sich zwar sicher, dass es irgendwie um Fußball und seine Leistung geht. Aber worum genau? Vielleicht ein Probetraining bei den Bayern? Das wäre natürlich krass. Oder sogar mehr? Leon spürt, wie sein Herz jetzt schneller schlägt. Beim Lesen der Artikel hat er immer gedacht: *Alter, wenn der mich mal scouten würde. Wie übertrieben geil wäre das denn?*

»Ich weiß nicht genau. Ich hoffe mal, es ist etwas Gutes«, sagt Leon.

Wenzing sagt: »Nein, nichts Gutes.«

Leon schluckt. Wenzing schaut ihn durchdringend an, dann grinst er.

»Etwas *sehr* Gutes! Ich habe mir das Spiel angesehen. Wir beobachten dich schon länger. Du hast für Oberaudorf und die bayerische Auswahl sehr konstant gespielt in den vergangenen Monaten. Es gibt bei uns in Bayern viele gute Spieler, aber diese Konstanz haben wenige. Uns hat das sehr gefallen.«

Leon schießen tausend Gedanken durch den Kopf. Er weiß, dass eigentlich Scouts, also Talentspäher, zu Jugendspielen kommen. Jetzt ist der Chef persönlich da. Ist das ein gutes Zeichen? War er auch im Freundschaftsspiel neulich da, als er den Elfmeter verschossen hat? Und was hätte er heute im Spiel noch besser machen können? In Leons Kopf herrscht Chaos.

Ein Geräusch reißt ihn aus seinen Gedanken. Leon wirft einen Blick über seine Schulter, sieht aber nichts und dreht sich wieder zu Wenzing.

»Ich will dich gar nicht überfallen«, sagt Wenzing. Als könnte er in Leons Kopf sehen und hätte das Wirrwarr darin gleich entdeckt. »Ich möchte dir einfach mit auf den Weg geben, dass wir dich sehr gern in unserem Internat aufnehmen möchten. Du bist einer der Besten deines Jahrgangs und wir beim FC Bayern wollen die Besten bei uns haben.«

Leon spürt sein Herz immer schneller schlagen, seine Schläfen pochen. Er hat Gänsehaut.

»Ich möchte mich gern mal mit dir und deinen Eltern treffen. Magst du sie heute Abend fragen, ob wir in der neuen Woche einen Termin finden?«

Internat! FC Bayern! Wahnsinn!

Leon sieht sich schon an der Ingolstädter Straße auf dem Bayern Campus wohnen. Der Traum von Nachwuchsspielern auf allen Kontinenten. Leon erinnert sich noch an die Bilder im Fernsehen mit all den Promis, die zur Eröffnung kamen.

Als Leon seine Sprache wiedergefunden hat, sagt er: »Klar, ich frage meine Eltern.«

»Sehr gut«, sagt Wenzing. »Hier ist meine Karte, meine Handynummer steht auch drauf. Ruft mich einfach an.«

Er streckt Leon die Visitenkarte hin und Leon starrt wie in Trance auf das Stück Pappe. Als hätte ihn das Vereinswappen darauf hypnotisiert. *Reiß dich zusammen*, sagt er sich.

»Gut, danke. Machen wir«, antwortet Leon. Es kommt ihm so vor, als hätte er gerade zehn Minuten schweigend dagestanden. Dabei waren es nur ein paar Sekunden. Leon hat den Eindruck, dass seine Stimme irgendwie total hell klingt.

»Soll ich dir mal was sagen, Leon?«, fragt Wenzing.

»Was denn?«

»Die Grätsche da heute vor dem 3:0 ...« Wenzing blickt Leon fest in die Augen. »Das war deine Grätsche ins Glück. Sie hat gezeigt, dass du alles mitbringst: Einsatz, Härte, Willen, Herz.«

Er streckt Leon lächelnd seine Hand entgegen. Leon schüttelt sie. Dann geht Wenzing in Richtung Parkplatz und Leon sieht ihn in einen schwarzen Audi A7 steigen. Kennzeichen M-RM 7545. *RM* steht für »Rekordmeister«, das haben die Stars wie Franck Ribéry auch am Wagen, hat Leon im Fernsehen gesehen. *Dieses Mega-Nummern-*

schild will ich unbedingt auch mal an meinem Auto haben, dachte er sich damals. *Egal, wie hart ich dafür trainieren muss.* Er schaut Wenzings Wagen hinterher und steigt dann auf sein Rad.

Und irgendwie wird Leon auch auf den drei Kilometern nach Hause das Gefühl nicht los, dass jemand Wenzing und ihn bei ihrem Gespräch beobachtet hat.

2 KAMPF AM KÜCHENTISCH

Leon lehnt sein Rad gegen die Wand des gelben Reihenhauses und beobachtet beim Anschließen durch das Küchenfenster, wie es sich seine Mutter mit einem Teller Nudeln in der Hand auf dem Sofa bequem macht. Sie setzt sich neben seinen Vater und beide blicken auf den Fernseher. Irgendeine Tierdoku. Leon steht im Vorgarten und atmet tief ein. Das wird gleich nicht einfach.

»Hallo, Schatz, da bist du ja! Wie war euer Spiel?«, ruft seine Mutter in den Flur, als sie Leon die Haustür aufschließen hört.

»Gut. 3:0 gewonnen.«

»Hey, super! Hast du wieder ein Tor geschossen?«

»Von wegen ein Tor. Zwei! Und eine Vorlage«, ruft Leon ins Wohnzimmer. Er zieht seine Hausschuhe an und schlurft zum Sofa. Leon ist gleichzeitig erschöpft vom Spiel und aufgedreht wegen des bevorstehenden Gesprächs mit seinen Eltern und Herrn Wenzing.

»Toll, Schatz! Hätte ich wirklich gern gesehen und Papa hätte dir beim Spiel auch gern zugejubelt. Aber der Termin beim Steuerberater war wichtig, das verstehst du doch, oder?«

Auf den Couchtisch aus Glas hat seine Mutter heute Morgen wieder einen Strauß Rosen gestellt. Als Floristin hat sie es echt drauf. Sabine Kaltenberg arbeitet auch samstags in ihrem Laden in der kleinen Fußgängerzone in Oberaudorf und bringt nach Feierabend immer wieder mal Blumen mit. Das Reihenhaus, das Leons Eltern auf Kredit gekauft haben, bietet ihnen nicht viel Platz, doch es reicht, und Leon ist immer wieder erstaunt, was seine Mutter aus dem schmal geschnittenen Wohnzimmer alles rausholt. Mit dem ganzen Holz und den vielen weißen Regalen sieht es ein bisschen aus wie im Ikea-Katalog. Leon findet es total gemütlich.

Und Papa hätte dir beim Spiel auch gern zugejubelt, hat sie gesagt. Als ob der sich freuen würde. Wenn es nach dem ginge, würde Leon wahrscheinlich gar nicht Fußball spielen dürfen. Bei seinem Vater dreht sich immer alles um die Schule. Aber nur, weil er Lehrer ist, muss sein Sohn nicht auch einer werden, findet Leon. Er will Fußballprofi werden. Seit er klein war. Manchmal glaubt er sogar: seit er denken kann.

»Heute ist was richtig Geiles passiert«, sagt Leon.

Seine Mutter schaut ihn intensiv an. »Du strahlst ja total. Wie heißt sie?«

Leon lacht und schüttelt den Kopf. »Mamaaaa ...«

Seine Mutter grinst, streicht sich durch ihre blonde Mähne und drückt die Stummtaste auf der Fernbedienung. Immer wieder fragt sie Leon in letzter Zeit nach Mädchen. Ihr Blick dabei verrät ihrem einzigen Sohn immer, dass sie sich eine Freundin für ihn wünscht. Doch für Mädchen lässt der Fußball Leon keine Zeit. Und das ist für ihn auch okay.

»Nein, viel besser. Der FC Bayern will mich haben.«

Leons Eltern reißen die Augen auf. Sie schauen Leon an, dann werfen sie sich gegenseitig Blicke zu.

Stille. Leon hört die Wanduhr in der Küche ticken. Er hat das Gefühl, etwas sagen zu müssen. »Ist kein Witz«, fügt er deshalb hinzu. Und dann erzählt er von dem Spiel. Von dem Gespräch mit Thomas Wenzing. Von der Chance, die es für ihn ist. »Ich will das unbedingt!«, sagt Leon.

Sein Vater schüttelt den Kopf und kratzt sich an seinem schwarzen Dreitagebart. Leon erinnert sich, was Papa ihm mal erzählt hat. Dass er sich bereits vor Leons Geburt gesagt habe: *Das Wichtigste für mein Kind ist Bildung.* Sein verstorbener Vater, also Leons Opa, war auch schon Lehrer. Das heißt nicht, dass Leon auch diesen Weg einschlagen muss, das hat sein Vater ihm auch immer wieder gesagt. Aber seinen Sohn Leon von der Schule nehmen? Für den Fußball? Für einen Platz in einem Internat, in dem der Sport über allem steht? Das ist für Papa bestimmt eine krasse Vorstellung. Leider.

»Nein, Leon. Du bleibst auf dem Gymnasium hier und machst ein normales Abitur. Das mit dem Fußball ist viel zu unsicher.«

Leon sieht ihn mit giftigem Blick an. *Erkennst du denn nicht, dass dein Sohn hier gerade die Gelegenheit seines Lebens vom besten Verein Deutschlands auf dem Silbertablett serviert bekommt?*

»Der Vater von Lionel Messi hat seinen Sohn bei allen großen Vereinen angeboten und immer unterstützt. Du könntest das ruhig mal positiver sehen und mir helfen!« Leon spürt, wie die Wut sein Gesicht glühen lässt. Seine Augen brennen.

»Denkst du etwa, dass jeder einfach ein neuer Lionel Messi werden kann? Weißt du eigentlich, wie viele Fußballer es gibt, die wegen einer Verletzung mit zwanzig Jahren aufhören müssen? Und dann haben die nichts! Keine Ausbildung, keine Perspektive. Begreif das doch bitte.«

Leons Mutter stellt ihren Teller mit den Nudeln auf den Couchtisch und schaut ihren Mann schweigend an. Leon denkt sich: *Los jetzt, Mama!* Sie haben schon oft die Diskussion über Schule und Fußball geführt. Er hat in Mathe zuletzt ziemlich abgekackt. Aber das darf doch jetzt keine Rolle spielen.

»Also, ich habe im *Merkur* ja schon ein paarmal was über dieses Internat gelesen. Fast 100 Millionen Euro haben die für den Bau des Gebäudes bezahlt. Ist doch Wahnsinn. Aber das Konzept mit integrierter Nachhilfen-Betreuung und Psychologen für die Jugendlichen und das alles ... Das finde ich schon beeindruckend, Frank.«

Yes, Mama! Du bist die Coolste, das wusste ich immer! Leon reißt innerlich die Arme hoch, bleibt ansonsten aber ganz locker. Bloß nicht zu früh freuen.

Sein Vater blickt ins Leere. Er schluckt. Dann betrachtet er den stumm geschalteten Fernseher, wo gerade ein Leopard hinter einer Antilope herwetzt. »Es ist einfach Fakt, dass Leon für seine berufliche Zukunft das Abitur braucht. Und da waren wir uns auch einig, Sabine.«

Leons Mutter lächelt. Sie nimmt die Hand ihres Mannes und umschließt sie mit ihren Händen.

»Sind wir uns auch weiterhin. Ich überlege nur, ob Leon das Abitur nicht auch dort machen könnte.«

Leons Vater sieht Sabine jetzt wieder in die Augen.

»Wir sollten uns mit dem Wenzing mal treffen. Zumindest anhören muss man sich das doch«, sagt Leons Mutter.

»Genau, Papa. Das muss man doch!«, bekräftigt Leon.

Sein Vater erhebt sich, geht in die Küche, die an das Wohnzimmer anschließt, und schenkt sich dort ein Glas Rotwein ein. »Mein Lieber, ich kann mir beim besten Willen nicht vorstellen, dass das die richtige Lösung ist. Aber eines kann ich dir ganz sicher sagen: Ich bin todmüde. Lass uns morgen noch mal darüber sprechen, okay?«

Immerhin, denkt sich Leon. Kein klares Nein mehr.

»Passt. Ich gehe hoch.«

»Willst du noch was essen?«, fragt seine Mutter.

»Ich mach mir ein Brot«, erwidert er und geht in die Küche.

Mit einem Marmeladentoast in der Hand sitzt Leon auf seinem Bett. Auf seinen Knien sein Laptop, er hat sich eine Folge *Ballers* mit The Rock in der Hauptrolle angemacht. Sein Handy vibriert. WhatsApp. Leon legt den Toast beiseite und öffnet die Nachricht. Marko schreibt, sein Mannschaftskollege.

Markorinho: Dicker, dein Ernst? Zu Bayern?

Leon überlegt kurz.

Wusste er doch, dass jemand ihn und Wenzing vorhin beobachtet hat.

Er tippt:

Leon7: Du bist so ein Checker, Alter. Aber ist noch gar nicht 100pro. Hätte natürlich krass Bock. Ahnma die Megachance für mich. Mal sehen.

Markorinho: Und wer gibt mir dann die Pässe? Du weißt schon, dass du dann meine Tor-Statistik schrottest, oder? ;-)

Leon7: Übertreiber! ;-) Sprechen morgen. Hau rein

Markorinho: Alles klar. Ach so: Für mich ist das mit Bayern und dir voll ok. Gönn dir, Mann! War immer klar, dass dich irgendwann ein geiler Verein will. Aber die anderen werden bestimmt sagen, dass du uns im Stich lässt. Ich wette, Dicker.

Leon fährt mit seinem Finger über das Laptop-Touchpad und klickt auf den Pause-Button. Er hat das Gefühl, dass er sich jetzt sowieso nicht mehr auf die Serie konzentrieren kann.

Er macht den Laptop zu, sitzt ein paar Minuten ganz still da und starrt an die Wand. *Es muss klappen*, denkt Leon, *es muss einfach klappen mit dem Internat!*

Leon geht seine Zähne putzen, und als er aus dem kleinen Bad neben seinem Zimmer wiederkommt und die Leselampe auf seinem Nachttisch anmacht, sticht ihm wie jeden Abend der weiße Bilderrahmen ins Auge, den er vor ein paar Monaten aufgestellt hat. Darin befindet sich ein ausgedrucktes Instagram-Foto von Neymar, für Leon der beste Spieler der Welt. Noch besser als Cristiano Ronaldo, besser als Lionel Messi. Auf dem Bild jubelt Neymar im brasilianischen Nationaltrikot und darunter steht ein Zitat des Superstars von Paris Saint-Germain, des teuersten Spielers der Welt:

I learned all about life with a ball on my feet.

Leon liegt noch lange wach und denkt über diesen Satz nach. Über den morgigen Tag.

Irgendwann quietscht seine Zimmertür. Leon ist inzwischen so müde, dass er die Augen kaum noch offen halten kann. Doch seine Nase sagt ihm sofort, wer da seinen Kopf durch die Tür steckt. Mama benutzt jeden Tag dasselbe Parfüm. Es duftet blumig und auch etwas nach Aprikose. Die rosa Verpackung bewahrt sie immer auf und stellt sie ins Badezimmerregal. Papa schenkt es ihr jedes Jahr zu Weihnachten, und es duftet, wie Mama ist: warm, vertraut, einfach schön.

Sabine Kaltenberg spricht so leise, dass Leon nicht weiß, ob sie diesen Satz zu sich selbst oder zu ihm sagt: »Ich bin so stolz auf dich, mein Schatz.«

Dann zieht sie ganz vorsichtig die Tür zu.

Etwas von ihrem Duft bleibt in Leons Zimmer hängen. Und lässt ihn bald einschlafen.

3 START IN EIN NEUES LEBEN

Ein Knall reißt Leon aus dem Schlaf. Was war das? Seine Augen sind noch total verklebt, er braucht einige Sekunden, um seinen Blick scharf zu stellen. Wie die Kamera seines Samsung Galaxy, wenn der Speicherplatz wegen all seiner Neymar-Videos mal wieder voll und das Gerät so übertrieben langsam ist.

6:45 Uhr zeigt sein Radiowecker an. Leon schält sich aus seiner Bettdecke und schlurft nach unten.

Seine Mutter steht in der Küche, der Boden ist voller Scherben.

»Was ist denn hier passiert?«, fragt Leon.

»Ich habe dich gar nicht runterkommen hören«, sagt seine Mutter und schaut Leon entgeistert an. »Mir ist eben die Teekanne runtergefallen, das verdammte Ding. Ich bin irgendwie total durch den Wind.«

»Was ist denn los, Mama?« Leon ahnt schon, in welche Richtung ihre Antwort gehen wird.

»Ich habe mich heute Morgen ziemlich heftig mit Papa gestritten.«

»Wegen der Sache mit dem Internat?«

Leons Mutter pult an ihren Fingernägeln, blickt auf den Küchentisch und nickt.

Und dann erzählt sie Leon alles. Wie sie und Leons Vater gestern Abend im Bett noch weiterdiskutiert haben. Wie seine Mutter sich dabei über seine Sturheit geärgert hat. Wie sie danach kaum schlafen konnte. Und wie sie immer mehr davon überzeugt war, dass sie ihrem Sohn diese einmalige Chance einfach nicht nehmen dürfen.

»Ich habe Papa heute Morgen gesagt, dass wir uns mit Herrn Wenzing treffen sollten«, erzählt sie. Daraufhin habe er sie nur wütend angeschaut, seine Aktentasche genommen, die Haustür zugeknallt und sei zur Arbeit gefahren.

»Ich hoffe, dass Papa sich schnell wieder beruhigt. Er kennt ja deinen Traum, aber er hat einfach Angst um dich, das müssen wir verstehen. Ich schreibe dem Wenzing jetzt eine E-Mail und frag ihn, ob wir uns heute Nachmittag treffen können. Wann hast du denn Schluss?«

»Nach der Sechsten, also um halb zwei«, antwortet Leon. *Krass, was hier gerade abgeht!* Leon will doch gar nicht, dass sich die beiden wegen ihm streiten. Er will doch nur das machen, was er für richtig hält.

Leon hat einerseits ein schlechtes Gewissen, weil die Internatssache gerade ganz schön Stress für die komplette Familie bedeutet. Und gleichzeitig fühlt er sich total im Recht. Diese Chance kommt doch nur einmal, Mann! Heißt es nicht immer, jeder soll seinen Traum leben?

»Okay, halb zwei«, sagt seine Mutter. Leon sieht ihr zu, wie sie sich ihr weißes iPad schnappt, darauf rumtippt und die Mailadresse von Wenzings Visitenkarte abschreibt. Er legt ihr die Hand auf die Schulter. »Danke, Mama.« Leons Mutter schaut ihn lächelnd an und er sucht in ihren Augen nach Zweifeln, nach Unsicherheit, nach Zögern. All das, was er gestern noch bei ihr gespürt hatte.

Leon findet nichts davon.

★ ★ ★

»Es ist siebzehn Uhr, die Nachrichten«, sagt die Stimme im Autoradio. Leons Mutter lenkt den alten roten Volvo-Kombi der Familie in den Carport und stellt den Motor ab, woraufhin die Radiostimme verstummt. Leon sitzt auf der Rückbank, sein Vater auf dem Beifahrersitz.

Normalerweise kann es seine Mutter nach Autofahrten meist gar nicht abwarten, ins Haus zu kommen und sich was zu essen zu holen. Da ist sie wie Leon, sie hat immer Hunger!

Doch heute bleibt sie sitzen.

»Ich möchte euch etwas erzählen, bevor wir reingehen«, sagt sie. »Ich bin mir sicher, dass wir heute die richtige Entscheidung getroffen haben. Wisst ihr, ich lag gestern noch lange wach, weil ich viel nachgedacht habe …«

Leon blickt seine Mutter an und sieht, dass ihre Augen feucht sind.

»Nachdem du uns gestern von dem Bayern-Angebot erzählt hast, ist bei mir alles wieder hochgekommen. Die ganzen Erinnerungen an meine Ballettzeit. Da war ich sogar noch jünger als du, mein Schatz.« Sie dreht sich zu Leon und streift ihm mit der Hand über die Stirn und durch das Haar. »Ich sehe es noch vor mir, als wäre es gestern gewesen. Meine Ballettlehrerin sagte mir nach einem Training, dass ich das Zeug zu einer Tanzkarriere hätte. Ich bin sofort nach Hause und habe meiner Mutter stolz davon berichtet. Doch sie sagte nur, dass ich eine solide Ausbildung machen müsse. Ich habe mich so nutzlos gefühlt und war so enttäuscht.« Leons Mutter hält inne und blickt aus dem Fenster. Leon spürt, dass sie die Situation innerlich gerade noch mal erlebt, dass die Zeit von damals wie ein Film vor ihrem inneren Auge abläuft. »Ich habe auf meine Mutter gehört und meine Ballettkarriere sausen lassen. Doch es hat mich nie losgelassen. In den Jahren danach hat mich immer dieser Satz geplagt, der nicht aus meinem Kopf wollte: *Hättest du doch.«*

Stille. Leon und sein Vater können erst mal gar nichts sagen. In Leons Kopf fliegen die Gedanken nur so hin und her. Jetzt wird ihm so richtig klar, warum seine Mutter ihn so unterstützt. Warum sie seinen Vater überzeugen konnte zu Herrn Wenzing zu fahren.

Leon hatte es dann beinahe aus dem schwarzen Ledersessel in Wenzings Büro gerissen, als der seinem Vater die Hand gegeben und sein Vater gesagt hatte: »Gut, dann machen wir das. Dann zieht unser Sohn in Ihr Internat.« Danach hatten sie den Internatsvertrag und das Mitglieds-Eintrittsformular des FC Bayern für Leon unterschrieben und seine Mutter hatte gesagt: »Und wehe, aus ihm wird kein zweiter Schweinsteiger.« Schweinsteiger findet Leon ziemlich lahm, doch Mamas Spruch war in dem Moment irgendwie trotzdem der Hammer. Leon bekam totale Gänsehaut, und sein Herz schlug so schnell, dass er das Gefühl hatte, alles in ihm würde auf und ab hüpfen vor Freude. Er hat sich in dem Moment so lebendig gefühlt, wie er sich sonst nur auf dem Fußballplatz fühlt.

»Das Gespräch mit Wenzing war echt gut«, sagt sie und in ihren Augen blitzt Stolz auf. *Stolz auf mich? Oder auf sich selbst? Oder beides?* Leon ist nicht sicher. Ist auch egal. Seine Mutter wirkt auf jeden Fall total zufrieden, findet er.

Leons Vater beugt sich vom Beifahrersitz zu Leon nach hinten, legt ihm die Hand auf das Knie und lächelt ihn an. »Ich hatte echt Zweifel wegen der ganzen Internatssache, das weißt du. Aber ich habe das Gefühl, dass die Leute beim FC Bayern sehr verantwortungsbewusst mit den Jugendlichen umgehen und wirklich an dir interessiert sind. Ich glaube auch, dass wir das Richtige getan haben. Und jetzt rein ins Haus mit uns, ich hab Hunger!«

Leon lacht und auch seine Mutter grinst. »Und ich erst!«, ruft sie und gemeinsam steigen die drei aus dem Auto.

★ ★ ★

Nur ein Abend zum Packen und Abschiednehmen. Leon breitet seine liebsten Sachen auf seinem Bett aus und überlegt, welche er mitnehmen soll. Viel Platz wird er im Internat sicher nicht haben. *Wie das da wohl wird. Ob die alle viel besser sind als ich? Ich kenne da ja gar keinen.*

Leon versucht diese Gedanken zu verdrängen, entscheidet sich für seine Favoriten aus dem Kleiderschrank und packt sie in eine Sporttasche. Danach trifft er sich wie am Nachmittag per WhatsApp verabredet mit seinen Jungs beim Döner-Laden an der Ecke, um Ciao zu sagen.

»Du wirst mir fehlen«, sagt Marko, als er den letzten Bissen seiner türkischen Pizza verschlungen hat. »Zeig denen, was wir hier bei uns so draufhaben. Bin gespannt, ob du ohne mich auch glänzen kannst auf dem Rasen.«

Leon grinst und nickt. Er klatscht mit Marko und den anderen ab. »Haut rein, Jungs«, sagt er, als er sich auf den Weg nach Hause macht. *Abschied ist scheiße, Mann.*

Am nächsten Morgen fliegen die Bäume an seinem Fenster vorbei, der Zug rauscht durch Tunnel und Täler, und die Autos auf der Autobahn am Horizont sehen aus wie Spielzeug. Total langweiliges Spielzeug. Noch zehn Minuten bis München.

Leon blickt aus dem Fenster und sortiert seine Gedanken.

Zu gern wäre er mit seinen Eltern gefahren. Doch an diesem Vormittag kann seine Mutter ihren Blumenladen nicht schließen und außerdem muss sie noch zu Leons alter Schule fahren und ihn beim Direktor abmelden. Und sein Vater muss natürlich in die Schule, unterrichten.

Leon hat sich einen Zweiersitz im Großraumabteil geschnappt. Er sitzt am Fenster, auf den Platz neben sich hat er seine Tasche gestellt, damit sich niemand zu ihm setzt. Er will Ruhe. Am Morgen hat er lange überlegt, was er für den ersten Tag im Internat anziehen soll. Und sich für sein Lieblings-Outfit entschieden: rote Air Max, dunkelblaue Jeans, hellgrauer Oversize-Strickpulli und seine kabellosen Beats-Kopfhörer in Gold. Leon muss auf der Fahrt dreimal auf die Toilette, obwohl er extra nur eine kleine Flasche Wasser getrunken hat. Wenn er aufgeregt ist, nervt seine Blase immer richtig.

Aus Leons Kopfhörern dröhnt die Stimme von Kay One:

»Sorry, kleiner Mann, Sie träumen, Sie werden sehen, dass es in Deutschland anders läuft. Keiner wird hier zum Star oder Millionär, denn erst mal muss die Bildung her.«

Leon hat keine Ahnung, ob er nur träumt oder auf dem richtigen Weg ist – aber es fühlt sich verdammt richtig an.

Beim Aussteigen wandert Leons Blick auf die große Bahnhofsuhr. 10:05 Uhr. Er beschließt, ein Taxi zum FC Bayern zu nehmen. Seine Mutter hat ihm am Morgen einen 20-Euro-Schein in die Hand gedrückt, »falls es zeitlich eng wird«. Ist es zwar nicht, aber auf die U-Bahn und den Bus und all das Umsteigen hat er gerade einfach gar keinen Bock. Und auch etwas Angst, dass er sich verfahren könnte, so aufgekratzt, wie er ist. Um 10:37 Uhr hält das Taxi nach einer ruhigen Fahrt in den Norden Münchens vor einem riesigen Gebäude mit dem Logo des FC Bayern an der Außenwand.

WAS MACHST DU GERADE?

Leon starrt auf das freie Facebook-Textfeld auf seinem Smartphone. Er grinst, tippt, löscht einen Tippfehler, tippt wieder und schaut dann zufrieden auf sein Werk. Okay, posten.

**LEON KALTENBERG VOLL MOTIVIERT HIER:
FC BAYERN CAMPUS, INGOLSTÄDTER STRASSE
ERSTER TAG IM INTERNAT. MIA SAN MIA :-)**

Sein Klassenkamerad Leni kommentiert direkt »Nice!« darunter.

Leon wuchtet seine Reisetasche vom Nebensitz und schiebt dem Taxifahrer den 20-Euro-Schein rüber. Was er hier im Nachwuchsleistungszentrum zu tun habe, hat der Mann am Steuer ihn auf der Fahrt gefragt, und dann haben sie sich total nett unterhalten, und Leon hat ihm von seinem Traum von der Bundesliga erzählt.

»Stimmt so«, sagt Leon.

Der Fahrer trägt einen Schlapphut und ist beinahe so alt wie Leons Opa. »Danke, junger Mann. Und wenn du hier was wirst bei den Bayern, dann gibst du mir später ein Autogramm, gell?« Leon nickt grinsend. Er wirft die Autotür zu. Hier zu stehen und das Logo seines Traumvereins an dem Gebäude vor sich zu sehen fühlt sich komisch an. Es fühlt sich an, als würde er ein Buch zuschlagen, das Buch seines bisherigen Lebens.

Von heute an wird alles anders sein, denkt Leon.

Alles wird noch cooler sein.

Alles wird Fußball sein.

★ ★ ★

Leon hört nichts außer seinem Atem, als er vor der fetten Glastür steht. *Alter, wie nervös kann man sein*. Leon zieht die Tür auf und die blonde Frau hinter dem Empfangstresen nimmt ihren Blick vom riesigen Mac-Monitor vor sich und strahlt Leon an. »Servus«, sagt sie.

Leon ringt sich ein verkrampftes Lächeln ab. Er ärgert sich, dass er so angespannt ist, aber locker geht jetzt einfach nicht, es ist nun mal der FC Bayern. »Servus. Ich bin Leon Kaltenberg und habe heute …«

»Deinen ersten Tag hier, ich weiß. Herzlich willkommen, Leon! Wir haben dich schon erwartet und freuen uns sehr, dass du hier bist. Mein Name ist Diana. Ich bin hier quasi die Herbergsmama«, sagt die Frau in dem grauen FC-Bayern-Sweatshirt lächelnd. Mit ihren blonden Locken und ihren wachen hellgrünen Augen wirkt sie total sympathisch.

Diana gibt Leon die rechte Hand und zeigt mit der anderen auf einen Flur. »Wollen wir mal zu Herrn Wenzing gehen? Er wird dich ein wenig herumführen und dir dein Zimmer zeigen.«

»Klar, gern«, sagt Leon.

Diana lächelt Leon an und geht vor. Dieser Teppich! Überall auf dem Boden ist das Logo des Klubs zu sehen. An den Flurwänden hängen gerahmte Bilder der Spieler, die hier im Internat ihre Weltkarrieren gestartet haben. Auf einem Bild grätscht der junge Holger Badstuber seinem Gegner den Ball ab, auf dem daneben bejubelt David Alaba eines seiner Tore. Durch eine offene Tür erhascht Leon einen Blick in eine große Wohnküche, in der zwei Jungs sitzen. Einer von ihnen ist sehr breit gebaut, trägt ein dunkelblaues New-Era-Cap mit dem Logo der New York Yankees darauf und starrt auf sein Smartphone. Der andere ist schmächtig, hat kurz geschorene Haare und schenkt sich gerade ein Glas Mineralwasser ein. Beide tragen Trainingsanzüge ihres Vereins.

»Ach, hier können wir gleich mal Hallo sagen. Das sind Sandro und Benny. Und das hier ist Leon, Jungs. Er hat heute seinen ersten Tag bei uns.«

Leon nickt den beiden zu, geht zu ihnen an den Tisch und streckt dem Jungen mit dem Wasser seine Hand hin. »Leon, hallo.«

»Benny. Freut mich.« Benny grinst Leon neugierig an.

Als Leon dem anderen Jungen die Hand gibt, fühlt es sich an, als wolle der Typ ihm die Finger brechen, so hammerhart drückt er zu. Der Junge schaut dabei an ihm vorbei, sein Cap hat er tief in das Gesicht gezogen. »Wo hast du gespielt?«, fragt er Leon. Kein Hallo, kein gar nichts. *Was geht denn bei dem ab?*

»Oberaudorf.«

Der Junge mit dem Cap rümpft die Nase und lacht.

»Voll süß«, sagt er.

»Sandro, du immer mit deinen Sprüchen. Nimm das nicht so ernst, Leon, er macht nur Spaß«, sagt Diana und deutet Leon mit einem Kopfnicken zur Seite an, dass sie jetzt weitergehen sollten.

Leon folgt ihr und dreht sich noch einmal um. Sandros eiskalter Blick verrät ihm, dass dieser Typ nicht wirklich zum Spaßen aufgelegt ist.

Diana führt Leon in das Nebengebäude, in die Zentrale des FC Bayern Campus. Sie gehen bis zur letzten Tür einen Flur entlang. »Thomas Wenzing« steht auf dem Schild am Rahmen und darunter: »Leiter Nachwuchsleistungszentrum«.

Sie klopft an und öffnet die Tür. Als Wenzing Leon sieht, strahlt er. Leon fühlt sich nach dem seltsamen Kennenlernen mit Sandro gleich viel besser. »Leon, Junge. Endlich bist du da, wo du hingehörst. Willkommen«, sagt Wenzing. »Setz dich doch bitte.«

Leon kennt den tiefen Ledersessel schon. Hier saß er, als er und seine Mutter den Vertrag unterschrieben haben.

»Aufgeregt?«, fragt Wenzing.

»Und wie!«, sagt Leon. Obwohl er Wenzing noch nicht lange kennt, vertraut er ihm. Leon fühlt sich in seiner Gegenwart irgendwie sicher. Anderen hätte er nicht so ehrlich geantwortet. Leon spricht nicht gern über seine

Gefühle. Das kann einen angreifbar machen, findet er, und Schwächen kann und will er sich nicht erlauben.

»Das ist ganz normal. Es wäre irgendetwas falsch, wenn du die Ruhe selbst wärst«, sagt Wenzing. »Ich bringe dich gleich hoch in dein Zimmer. Du hast die Sieben, wie deine Trikotnummer. Ich dachte mir, das gefällt dir vielleicht. Es befindet sich im ersten Stock.«

»Super!«, freut sich Leon. Er trägt die 7, seit er ein Kind war. Seit er Franck Ribéry zum ersten Mal spielen sah. Ribéry hat auch die 7. Er und David Alaba sind Leons Lieblingsspieler, mit Neymar natürlich. Die Trikotnummer ist viel mehr als eine Zahl für einen Fußballer, das hat Leon immer wieder gemerkt. Sie ist ein Teil seiner Identität, sie ist wie ein Ritual, und Rituale sind Leon wichtig, deswegen zieht er vor jedem Spiel auch zuerst den linken Schuh an. *Ich wohne in Zimmer Nummer 7! Geil, Mann.*

»Bevor wir hochgehen, möchte ich dir noch etwas geben«, sagt Wenzing und reicht Leon eine Ledermappe über den Tisch. Leon schaut erstaunt und schlägt sie auf. Darin liegt ein Blatt Papier. Hochglanz, es ist ganz dick, oben ist das Logo des Vereins gedruckt. Leon beginnt zu lesen:

»Mia san mia« bedeutet …

- Selbstverantwortung
- Wille
- Erfolg
- Teamfähigkeit
- Respekt
- Identifikation

Unsere Erfolgsregeln

- Wir sind um 22 Uhr in unseren Zimmern.
- Wir bringen keine Mädchen ins Internat.
- Wir trinken keinen Alkohol.
- Wir grüßen jeden Mitarbeiter und Mitspieler.
- Wir lassen uns keine Tattoos stechen.
- Wir lassen uns keine wilden Frisuren schneiden.
- Wir nehmen im Urlaub nicht mehr als ein Kilogramm zu. Pro 100 Gramm darüber zahlen wir fünf Euro Strafe.
- Wir fehlen nicht unentschuldigt beim Essen. Ansonsten zahlen wir fünf Euro Strafe.
- Wir kommen pünktlich zum Training. Ansonsten zahlen wir pro Minute Verspätung einen Euro Strafe.
- Wir spielen im Haus nicht Fußball.
- Wir halten in unseren Zimmern Ordnung.

Na, das ist ja gar nicht streng, denkt Leon. Wenzing hatte beim Gespräch mit ihm und seiner Mutter schon angedeutet, dass es hier klare Regeln gibt. Aber so profimäßig hat Leon es dann doch nicht erwartet.

»Wir wollen euch hier zu Fußballern ausbilden. Aber vor allem zu Persönlichkeiten. Zu starken Menschen. Ich empfehle jedem unserer Internatsschüler, sich die Regeln über das Bett zu hängen und morgens beim Aufstehen und abends vor dem Einschlafen draufzuschauen«, sagt Wenzing. »So verinnerlicht ihr das am besten. Das Küsschen-Emoji kannst du deiner Freundin danach immer noch schicken.« Wenzing steckt Leon mit seinem Schmunzeln an.

»Also, nimm es mit. Gehen wir hoch in dein Zimmer. Der erste Stock heißt bei uns *blauer Flur*, da haben die

Spieler ihre Zimmer, die dauerhaft bei uns wohnen. Der zweite Stock ist der *rote Flur* mit Tageszimmern.«

★ ★ ★

Ein Tisch. Ein Stuhl. Ein Bett. Ein Sofa. Zwei Regale. Und ein iPad. Das fällt Leon beim Reinkommen als Erstes auf. Wenzing merkt das sofort. »Drück mal auf den Home-Button«, sagt er.

Leon folgt seiner Aufforderung und auf dem Bildschirm erscheint eine große Tabelle mit farbig markierten Zeilen.

Leon blickt auf den Plan für die nächste Woche und zählt in Gedanken durch: fünfmal Training die Woche, dazu das Auslaufen am Sonntag und Stabilisationsübungen, also siebenmal. Wow! In Oberaudorf hat seine Mannschaft nur viermal trainiert. Leon freut sich. Jeden Tag Fußball! Endlich.

»So, Leon, jetzt möchte ich dich gleich gern allein lassen. Nur noch zwei Hinweise«, sagt Herr Wenzing. Und fasst noch mal kurz zusammen, was er kürzlich beim Gespräch mit Leon und dessen Mutter erklärt hat: Das Internat kooperiere mit dem Corvey-Gymnasium in Giesing und ab Montag werde Leon dort Schüler der 9B sein. »In den kommenden Tagen kannst du dich erst mal voll und ganz auf das Training bei uns konzentrieren. Und wenn irgendwas ist – du kannst jederzeit zu mir kommen.«

Wenzing zieht die Tür zu. Leon schaut aus seinem Fenster auf einen der sieben Trainingsplätze. Eine Mannschaft trainiert gerade, Leon scannt die Jungs und schätzt auf D-Jugend. Draußen wird es langsam dunkel. Er zückt sein Smartphone und schreibt seiner Mutter, dass alles gut geklappt hat.

Sie antwortet, dass es sie sehr freut, und beendet ihre

Wochenplan Leon Kaltenberg, 9. 8.–16. 8.

Mo.	Di.	Mi.	Do.	Fr.	Sa.	So.
8–9.40 Uhr Unterricht	8–14.25 Uhr Unterricht	8–14.25 Uhr Unterricht	8 Uhr Stabilisation	8–14.25 Uhr Unterricht	10 Uhr Abfahrt U16: Hoffenheim – FC Bayern	
11 Uhr Training U16	16 Uhr Training U16	16 Uhr Training U16	10.25-15.15 Uhr Unterricht	16 Uhr Training U16		11 Uhr Laufen
16 Uhr Training U16	20 Uhr Teamabend		17 Uhr Feedback-Gespräch Wenzing			
19 Uhr Nachhilfe		19 Uhr Nachhilfe				

Nachricht mit dem Küsschen-Emoji, wie sie es immer macht.

Leon schreibt auch noch eine WhatsApp-Nachricht an Marko, in der er seinen Freund aus der Heimat fragt, wie es bei ihm und der Mannschaft so läuft. Doch Marko ist nicht online.

Leon fühlt sich ganz schön allein.

Nach der ersten Nacht, in der Leon immer wieder wach wurde, verbringt er den Vormittag damit, seine Sachen einzuräumen und per iPad ein paar E-Mails zu verschicken. Er schreibt seinem Ex-Mitspieler Marko, dass der alle Oberaudorfer grüßen soll und er sie bald besuchen kommen wird, am besten bei einem Heimspiel. Und er schickt ein Foto seines Zimmers an seine Mutter, bei Tageslicht wirkt es viel freundlicher als am Abend zuvor.

Am Nachmittag dann geht Leon runter in die Umkleidekabine. Einige Jungs ziehen sich schon um, Leon begrüßt jeden mit Handschlag und stellt sich vor. *Das ist sie also, meine neue Mannschaft. Die U16.* »Ist Sandro noch gar nicht da?«, fragt Leon in die Runde.

»Doch, der ist schon draußen. Schusstraining. Allein. Er will immer mehr machen als alle anderen«, sagt ein blonder Junge, der gerade seine neuen Nikes anzieht.

Als Leon wenige Minuten später auf den Trainingsplatz joggt, winkt ihn ein Mann vom Mittelkreis aus zu sich heran. Leon erkennt ihn sofort: Maik Ortstein, sein neuer Trainer. Herr Wenzing hat ihn Leon vorgestellt, als er mit seinen Eltern zum Anmelden im Internat war. »Hallo, Leon!« Mit seinem Kurzhaarschnitt und hellblauen Augen sieht Maik sehr jung aus. *Endlich mal kein alter Sack als Trainer!* Das hat sich Leon schon beim ersten Kennenlernen mit Maik gedacht. Wirkt doch alles richtig gut hier.

Maik lässt die Mannschaft erst locker laufen, dann

Rondo spielen: Die Spieler bilden einen Kreis, zwei müssen in die Mitte und den Ball kriegen. Wenzing hat Leon beim Gespräch mit seiner Mutter erklärt, dass der Klub eine ganzheitliche Philosophie verfolgt, also gewisse Dinge in allen Mannschaften trainieren lässt, von den Profis bis zur F-Jugend. Rondo gehört dazu. Das haben sich die Bayern beim FC Barcelona abgeschaut, hat Leon kürzlich in der Neymar-Biografie gelesen.

Er findet, dass er sich ganz gut schlägt, aber Rondo ist ja auch noch nicht besonders schwierig. Nach einigen Pass- und Flankenübungen ruft Maik die Mannschaft zum Trainingsspiel zusammen. Er wirft Leon ein grünes Leibchen zu. Leon beobachtet Sandro, der kein Leibchen bekommt. *Scheiße, ausgerechnet gleich den Spinner als Gegenspieler.*

Plötzlich spürt Leon eine Hand auf seiner Schulter.

»Cool, du bist in meinem Team. Let's go! Lass mal ordentlich Gas geben«, sagt der Junge zu ihm. Leon hat auch ihm in der Kabine die Hand gegeben, doch den Namen hat er vergessen. *Shit.*

»Ja, cool, machen wir. Sorry, wie heißt du noch mal?«

»Ich bin Aras.«

Aras hat einen dunklen Teint und trägt seine kurzen schwarzen Haare zur Seite gegelt wie Sandro Wagner, der Bundesliga-Stürmer. Er dehnt seine Oberschenkel, während er mit Leon spricht, und jeder Zentimeter seines Körpers verrät Leon: Der Junge ist richtig heiß auf das Spiel. Jeder Muskel ist angespannt, Aras strahlt den totalen Siegeswillen aus.

»Leon, ich will dich in der zentralen Offensive sehen. Lass dich etwas fallen und stoß dann immer wieder in die Spitze«, ruft Maik ihm zu. Leon nickt. Dann pfeift Maik an.

Leon kriegt schnell den Ball und spielt erst mal ein paar

Sicherheitspässe. Aras spielt hinter ihm im Mittelfeld, und Leon spürt schon in den ersten Minuten, wie sicher er sich mit diesem Jungen in seinem Rücken fühlt. Der ist echt korrekt. Und eine richtig gute Absicherung, gerade bei Kontern. Aras ruft Leon immer wieder zu, wie er stehen soll, wann er pressen soll. Und seine Pässe kommen scharf und genau in den Fuß.

Das Tempo des Spiels ist unheimlich hoch, mindestens dreimal so hoch wie das in Oberaudorf. Nach 15 Minuten ist Leon schon ganz schön außer Atem. Aber zufrieden. Er hat keine Fehlpässe gespielt und sich ganz gut reingefunden.

Es steht immer noch 0:0, seine Mannschaft dominiert das Spiel, doch es fehlt der entscheidende Pass. Als ein Schuss des gegnerischen Teams über das Tor geht und der Torwart den Ball holt, nutzt Leon die kurze Spielunterbrechung und ruft Aras zu: »Wir müssen etwas schneller spielen, in der Mitte haben sie Lücken. Da stoß ich gleich rein. Versuch mir ein Ding in den Lauf zu chippen, okay?«

»Alles klar«, antwortet Aras und nickt ihm komplizenhaft zu.

Ihr Plan geht perfekt auf. Der Torwart ihres Teams passt auf Aras, der dribbelt aus der eigenen Hälfte Richtung Strafraum, hängt mit einem Antritt und einer Körpertäuschung drei Gegenspieler ab und lupft Leon den Ball in den Lauf. Leon pflückt ihn mit seinem linken Fuß aus der Luft und rennt allein auf den Torwart zu. Der stürzt aus seinem Tor. Leon holt aus und will gerade in die linke Ecke einschieben, als er in der Kniekehle einen Tritt spürt. Er fällt, überschlägt sich, der Ball rollt Richtung Torwart und der nimmt ihn locker auf.

Leon wälzt sich am Boden. Solche Schmerzen hatte er zuletzt, als er sich in der E-Jugend das Außenband gerissen hatte. Damals fiel er acht Wochen aus. *Bitte nicht!*, denkt Leon. Er spürt, wie sein Knöchel anschwillt. In ihm steigt die Angst auf. *Bitte keine Verletzung!*

Dann sieht er, wie Sandro an ihn herantritt. Der Penner war das also! Sandro beugt sich über Leon, von seiner Stirn perlen die Schweißtropfen auf Leons Gesicht. Bähhh! Sandro kniet sich runter zu ihm und tut so, als würde er Leon aufhelfen. Tatsächlich packt er Leon so fest am Arm, dass es jetzt auch da richtig wehtut. Und als Sandro ganz nah ist, flüstert er Leon ins Ohr: »Willkommen noch mal. Willkommen beim FC Bayern, du Pussy.«

4 WIR GEGEN DEN REST

Das Eispack hilft. Jurek, einer der beiden Physiotherapeuten der Mannschaft, drückt es Leon auf den Knöchel, dann bewegt er mit seinen Händen vorsichtig den Fuß. »Tut das weh?«, fragt der braunhaarige Zweimetermann.

»Geht schon«, sagt Leon.

Jurek zieht Leons Fuß in die andere Richtung.

»Jetzt?«

Leon schüttelt den Kopf.

»Okay, Junge, Entwarnung«, sagt Jurek mit ruhiger Stimme und tritt von der Liege im Behandlungszimmer im Erdgeschoss der Campus-Zentrale zurück. »Da hast du Glück gehabt. Ist nur etwas geschwollen. Kein Riss, keine Kapselverletzung. Schon dich in den nächsten zwei Tagen einfach ein bisschen. Ich sag dem Trainer, dass er dich nur laufen lassen soll. Ende der Woche dürftest du dann wieder alles mitmachen können.«

Zum Glück! Leon atmet erleichtert auf. Erst jetzt nimmt er so richtig seine Umgebung wahr und lässt den Blick durch den Raum schweifen, in den ihn Jurek nach Sandros bösem Foul gebracht hat. Wahnsinn, was hier für Geräte stehen. Sehen aus wie Raumschiffzubehör.

»Wofür sind die Teile da vorn?«, fragt Leon den Physiotherapeuten.

»Die sind dafür da, dass wir euch schnell wieder zum Laufen kriegen, wenn ihr euch mal was getan habt«, antwortet Jurek, lässt seinen Zeigefinger durch die Luft kreisen und fährt fort: »Das da drüben ist ein Laufband, das die Schwerkraft drosselt. So können verletzte Spieler joggen, ohne die Bänder zu sehr zu belasten. Kostet 75 000 Euro. Das daneben sind Ergometer für die Fitnesstests.« Und durch die offene Tür zum Nebenraum sieht Leon ein Entmüdungsbecken. Jurek erklärt ihm, dass Spieler für 15 Minuten in das 10 Grad kalte Wasser müssen. Das vermeidet Muskelkater und beschleunigt die Regeneration. Und Jurek berichtet stolz, dass im Raum daneben noch ein Dampfbad, eine Sauna und Hydrotherapie-Bäder für Aqua-Joggen und Unterwasserdruck-Massagen für die Spieler zur Verfügung stehen.

»Krass«, staunt Leon. Und überhaupt: dass immer ein Physio beim Training ist – fast wie in der Champions League! In Oberaudorf hat der Trainer immer einen kleinen Verbandskasten dabeigehabt und das war es dann gewesen mit der medizinischen Versorgung.

»Wo du gerade hier bist, Leon – stell dich bitte kurz da drauf«, sagt Jurek und zeigt auf eine Waage, die an der Wand steht. Es ist keine normale Waage, sondern voll das Hightech-Teil mit Touchpad und einem riesigen Display. An den Seiten sind zwei Griffe mit Metallplatten montiert.

»Fass die bitte so lange an, bis ich Stopp sage«, fordert Jurek ihn auf.

Gesagt, getan. 30 Sekunden steht Leon barfuß auf der Waage, das Display leuchtet und blinkt, dann hört Leon ein lang gezogenes *Piiiep*.

»Stopp«, sagt Jurek. »Danke, du bist entlassen.«

»Und was war das jetzt?«, fragt Leon.

»Unsere Sensorenwaage hat dich durchgecheckt. Die Werte kriegst du bald. Ich muss jetzt zum Training der U15. Diana wird dir das mit den Werten bald noch mal genauer erklären.«

»Alles klar. Danke, Jurek«, sagt Leon und humpelt auf

sein Zimmer. Beim Treppensteigen tut sein Fuß noch etwas weh. Sandro, dieser dumme Hundesohn! Was denkt er, wer er ist? Als ob das hier *sein* Verein ist. Was für ein bescheuerter Typ, echt mal.

Leon wirft sich auf sein Bett, greift nach seinem Tablet und checkt erst mal kurz Instagram. In seinem Feed grinst ihm Neymar aus der Kabine von Paris Saint-Germain entgegen. Cristiano Ronaldo hat einen dunkelgrauen Mercedes GLE fotografiert und daruntergeschrieben: »New beast«. Mario Götze hat ein Bild gepostet, auf dem er im Training einen Freistoß in den Winkel zirkelt. Ronaldo hat 142 Millionen Follower. *Wie viele habe ich jetzt eigentlich?* Leon wischt auf sein Profil. Er hat gerade mal 620 Abonnenten. *Läuft noch nicht so bei mir.*

Das aktuellste Foto von Leon zeigt ihn noch im Oberaudorf-Trikot. *Zeit für was Neues*, denkt er sich. Leon setzt

ein lockeres Lächeln auf und schießt ein Selfie. Er hält das Tablet genau so, dass sein bandagierter Fuß noch mit drauf ist. Filter Crema, wie immer. Darunter schreibt er:

Two days off. But I will come back stronger! #footballis mylife #fcbayern #believe #workhard

Leon lässt seinen Kopf auf das Kissen fallen und starrt an die Decke. *Was will dieser Sandro nur von mir?*

Er switcht von Instagram auf Safari und googelt »Sandro FC Bayern Internat«. Die Suchmaschine spuckt sofort zahlreiche Treffer aus, ganz oben in der Liste einen Artikel aus der *Hamburger Morgenpost*.

BAYERN KRALLEN SICH HAMBURGS MEGATALENT!

Die Überschrift macht Leon neugierig, er öffnet die Seite mit einem Fingerdruck. Der Bericht ist knapp ein Jahr alt. Leon beginnt zu lesen:

BITTERE NACHRICHT FÜR DEN HSV!

Der Traditionsklub verliert sein Megatalent Sandro Brenner (14) an den Rekordmeister FC Bayern. Die Münchner haben sich das Offensiv-Juwel aus der C-Jugend mit einem Dreijahresvertrag geködert.

ISAR STATT ALSTER! BRENNER WEG!

Der HSV hatte im Poker um den U15-Nationalspieler alles gegeben, seinem Vater Dieter Brenner sogar einen Job auf der Geschäftsstelle angeboten. Doch keine Chance! Die MOPO erreichte den 43-Jährigen gestern exklusiv am Telefon. »Bei Bayern sehen wir die beste Perspektive für Sandro«, teilte Brenner senior mit. »Er wird in spätestens zwei Jahren in der Bundesliga spielen. Das bestätigen die Experten. Die Frage ist nur, wo. Bayern hat das beste Gesamtpaket geboten.«

Dieter Brenner ist Bauarbeiter, sein Sandro ist der älteste von vier Söhnen. »Sandro wird seine Familie in ein besseres Leben führen! Er ist unglaublich, wir lieben ihn«, so Brenner.

Sein Zögling zieht in das hochmoderne Bayern-Internat. Eingefädelt hat den Deal die Berater-Agentur Performance11, die Brenner seit Kurzem vertritt und zahlreiche Stars der Bundesliga vermarktet.

In der Vorsaison schoss der Junge aus dem Stadtteil Lurup die HSV-Jugend mit 38 Toren quasi im Alleingang zum Meistertitel. Auch Real Madrid und Borussia Dortmund sollen um ihn gebuhlt haben.

Brenner gilt als hoch talentiert, aber auch als Bad Boy: Vor zwei Monaten lieferte er sich mit einem Mitspieler eine Schlägerei in der Kabine, der HSV verdonnerte ihn zu einer Geldstrafe. Andere Spieler wären wohl aus der Mannschaft geflogen, doch Brenner war zu wichtig für den Klub.

Sandros Freundin ist ebenfalls Hamburgerin und erfolgreich: Anna (14) erreichte in der letzten Staffel der Castingshow »The Voice Kids« den dritten Platz. Der HSV und sein Teenie-Glamourpaar gehen jetzt getrennte Wege.

Okay, der Junge ist wohl echt gut. Leon legt das Tablet weg. Er hat ja wirklich viel über seinen Vater geschimpft in letzter Zeit. Aber so ein Daddy wie dieser Dieter Brenner ist auch nicht gerade der Hammer. Der macht ja mal richtig Druck auf Sandro. Aber was macht er sich überhaupt so viele Gedanken um den! Er muss an sich denken. Und schnell fit werden.

Es klopft an der Tür.

»Ja, bitte?«, sagt Leon.

Die Tür geht auf und Aras steckt seinen Kopf ins Zimmer. »Yo, wollte nur mal kurz sehen, wie es dir geht.«

Leon winkt ihn rein. »Danke, Mann. Ist zum Glück nichts gerissen. Nur zwei Tage Pause. Das nervt, aber es geht.«

Aras nickt. »Und jetzt chillst du hier? Oder hast du Bock, ein bisschen gemeinsam rumzuhängen?«

»Klar, gern.«

»Hast du dir eigentlich schon Schuhe ausgesucht?«

Wie jetzt, Schuhe ausgesucht?

»Ich hab meine Schuhe von zu Hause mitgebracht«, sagt Leon.

Aras grinst. »Cool. Aber du weißt schon, dass du hier pro Halbjahr zwei Paar von unserem Ausstatter bekommst, oder?« Nee, das wusste Leon noch nicht.

»Komm, lass uns mal runter in den Showroom gehen«,

sagt Aras und macht dabei eine winkende Handbewegung.

Showroom? Was ist das denn jetzt wieder? Leon setzt vorsichtig seinen Fuß auf den Boden und drückt sich aus dem Bett. Zieht noch etwas, doch die Schwellung ist schon zurückgegangen.

Mit Aras macht er sich auf den Weg ins Untergeschoss des Internats. Aras springt leichtfüßig die Treppen runter und strahlt. Leon kennt nur wenige Menschen, die so gut gelaunt sind wie Aras. Der muss hier echt total happy sein.

»Oh! Sorry, Bro! Du kannst ja nicht so schnell mit dem Fuß«, sagt Aras und geht einen Schritt langsamer.

Als sie in dem Showroom ankommen, kann Leon einfach nur noch grinsen. Das ist kein Showroom – das ist das Paradies! Der Boden ist aus dunklem Holz, und an allen Wänden sind Regale angebracht, in denen die neuesten Fußballschuhe stehen. Jedes Paar hinter Glas, als wären die Schuhe wertvolle Kunstwerke.

»Such dir zwei aus und sag einfach Diana Bescheid, die bestellt sie dir dann in deiner Größe«, erklärt Aras. Leon muss sich total konzentrieren, um Aras zu folgen, so geflasht ist er von dem Raum.

»So, Mann, jetzt lass uns mal was essen. Hab richtig Hunger. Du auch?«, fragt Aras.

Leon hört seinen Magen knurren. Er hat seit dem Frühstück nichts mehr gegessen. Normalerweise gibt es für die Spieler nach jedem Training einen Smoothie aus Bananen, Äpfeln und Spinat, das hat er in der Kabine mitbekommen. Aber weil er die Einheit heute wegen Sandros Foul frühzeitig abbrechen und direkt zur Physio musste, gab es für ihn keinen. »Ja, supergern.«

Die beiden schlendern in den Speisesaal. Leon entdeckt sofort Sandro, der mit einigen Jungs aus der Mannschaft am Tisch in der Mitte sitzt. *Als wäre er hier der Chef,* denkt

Leon und schüttelt innerlich den Kopf. »Lass uns mal hier ans Tischende setzen, okay?«, sagt Leon zu Aras und deutet mit der Hand auf die zwei Plätze, die am weitesten von Sandro entfernt sind. In dem Speisesaal sind mindestens 50 Jungs, das Stimmengewirr ist superlaut.

Die beiden legen ihre Smartphones auf den Tisch, nach dem Motto: *Hier ist jetzt besetzt*.

»Hast du schon einen Ernährungsplan bekommen?«, fragt Aras.

Leon schüttelt mit dem Kopf.

»Okay, den geben sie dir sicher nachher. Nimm dir einfach erst mal, was du willst.«

Aras führt Leon ans Buffet. Wow! So was kannte Leon bislang nur aus dem Fünfsternehotel in Ägypten, in dem er mit seinen Eltern bis vor ein paar Jahren immer in den Sommerferien gewesen ist. Hier gibt es ja alles! Saftiges

Rindfleisch, goldbraune Hähnchenfilets, Reis, Bandnudeln, grüne Bohnen, gedämpften Brokkoli, Suppen, frische Brote, Bananenkuchen. Es duftet herrlich nach Curry und Tomatensuppe.

»Der Hammer«, sagt Leon zu Aras – und irgendwie auch zu sich selbst. In Oberaudorf bekamen die Spieler gerade mal eine Banane in der Kabine und nach einer gewonnenen Partie eine Currywurst im Klubheim, die hat Trainer Jogi immer ausgegeben.

Hier bei den Bayern steht auf kleinen Schildern, was genau sich in den Schüsseln und Pfannen befindet. Vieles davon ist aus Vollkorn. *Schmeckt das*?

Als würde Aras Leons Gedanken lesen können, sagt er: »Mochte ich am Anfang auch nicht so. Ist aber viel besser als Weißmehl, wirklich. Ich hab total Power, seitdem ich immer die braunen Nudeln nehme.«

Beide laden ihre Teller voll und ziehen sich auf ihre Plätze zurück. Aras erklärt Leon, dass die Mannschaft und die Spieler der anderen Jugendteams jeden Mittag ab 13 Uhr zusammen essen. Jeder muss kommen. Außer denjenigen, die erst nachmittags aus anderen Schulen dazustoßen. Und aufgestanden wird erst, wenn der Letzte fertig gegessen hat. Das sind die Regeln.

»Und auf keinen Fall Fotos oder Videos von hier posten! Das ist nämlich eine Social-Media-freie Zone. Der Raum ist nur für uns, geht keinen draußen was an. Gibt auch viele Hater, du kennst das ja sicher.«

»Wie lange bist du schon hier?«, will Leon von Aras wissen.

»Ein Jahr«, sagt Aras.

»Hast du Freunde hier?«

Aras schiebt sich seine letzte Gabel Pasta all'arrabiata in den Mund, kaut ausgiebig und sagt: »Kofi, Dejan und Benedict sind echt korrekt. Mit ein paar anderen von den Jungs verstehe ich mich auch gut. Die stell ich dir bald vor.«

»Und mit Sandro?«, hakt Leon nach.

Aras zuckt mit den Schultern. »Es gibt sympathischere Leute. Er ist halt total verbissen. Jeder kämpft hier um seinen Platz, weißt du. In gewisser Weise verstehe ich ihn, auch wenn er es manchmal echt übertreibt.«

»Hab ich schon gemerkt«, sagt Leon.

»Wir können ja jetzt zusammen kämpfen. Früher beim Kicken im Park haben meine Jungs und ich immer gesagt: *Wir gegen den Rest!* Können wir ja jetzt auch so machen. Denn ich finde, wir spielen uns die Bälle so gut zu wie Ribéry und Alaba«, sagt Aras und lacht.

Wir gegen den Rest. Klingt nice, findet Leon.

Sehr nice.

★ ★ ★

Nach dem Essen wollen Aras und Leon gerade auf ihre Zimmer gehen, als ihnen im Treppenhaus Diana entgegenkommt. »Leon! Gut, dass ich dich treffe«, sagt sie strahlend. »Hast du ein paar Minuten? Ich möchte dir gern etwas zeigen.«

»Klar!«, sagt Leon und deutet Aras mit einer Handbewegung an, dass er ruhig schon hochgehen soll.

Leon und Diana gehen in ihr Büro. Er ist total gespannt. Was will sie ihm nur zeigen?

»Setz dich«, sagt sie und zeigt auf das schwarze Sofa gegenüber ihrem Schreibtisch. Dann streckt sie Leon ihre Hand entgegen. »Gib mir mal dein Handy, bitte.«

Was soll das jetzt, totale Kontrolle oder was? Diana ist immer supernett, viele Jungs im Internat sagen aus Spaß »Mama« zu ihr, weil sie echt wie eine Mama ist. Obwohl sie noch ziemlich jung ist, so Anfang 30, schätzt Leon.

Zu ihr kann man immer kommen, hat Aras ihm gesagt. Sie kümmert sich um die Wäsche, um die Handy-Verträge der Jungs, einfach um alles. Manchmal hört sie auch einfach nur zu. Jeder hat Respekt vor ihr, deswegen muss sie nie streng sein, hat Aras gesagt. Und jetzt so was?

Leon überlegt kurz, ob er was Verbotenes auf seinem Smartphone hat. Manchmal schickt ihm Marko irgendwelche Bikini-Frauenbilder oder Prank-Videos, in denen fremde Menschen angefurzt werden und Telefonstreiche mit den Stimmen bekannter Rapper gespielt werden oder so. Aber die löscht Leon meist schnell wieder und außerdem hat sich Marko seit Leons Abschied nicht mehr gemeldet. Müsste eigentlich klargehen, denkt Leon und reicht Diana sein Galaxy. Obwohl er nichts zu verbergen hat, ist ihm der Moment unangenehm.

»Ich will dir eine App zeigen. Die installiere ich dir jetzt schnell«, sagt Diana und tippt kurz auf dem Smartphone rum. Stille. Nach einer Minute gibt sie Leon sein Handy zurück.

»So, fertig. Du hast jetzt *Bayernlike* drauf.«

Was zum Teufel ist *Bayernlike*? Leon braucht die Frage gar nicht auszusprechen.

»Das ist unsere Internats-App. Sie ist verschlüsselt und steht nur unseren Internatsschülern zum Download in den Online-Stores zur Verfügung. Es macht euch den Alltag echt einfacher. Probiers mal aus. Dein Benutzername ist *Leon*, dein Passwort *leon@fcbayern*, das kannst du später unter dem Punkt Einstellungen auch gern ändern. Wir haben die App ganz neu und sie ist richtig gut. Bayernlike eben, wie der Name sagt«, sagt Diana und zwinkert ihm zu.

Beste! Wir haben unsere eigene App! Leon testet sich sofort durch das Menü. Das Logo des FC-Bayern-Internats beginnt auf seinem Display zu rotieren, der Bildschirm füllt sich mit kleinen Icons. Leon macht sich auf digitale Entdeckungstour und findet als Erstes seinen Stundenplan, die Kontakte von Diana und seinem Trainer Maik und dem Internatsleiter Herrn Wenzing sowie den Spielplan seiner U16 für die gesamte Saison.

Und was ist das da?

Ernährungsplan, lautet ein Menüpunkt.

Wie Aras gesagt hat!

Leon wählt ihn aus und es öffnet sich eine Tabelle:

Kalorien	Kohlen- hydrate	Protein	Fett	Trinken
2800	400	200	45	4 Liter
	Entspricht: Morgens 1 Schale Haferflocken mit Obst Mittags 2 Kellen Reis/ Nudeln Abends 2 Kellen Reis/ Nudeln	Entspricht: Morgens ein Glas Sojamilch Mittags ein Stück helles Fleisch Abends ein Stück fettarmer Fisch	Entspricht: Morgens eine Kelle Mandeln ins Müsli	Wasser und Tee

Jetzt ist Leon echt baff. »So soll ich jetzt jeden Tag essen?«, fragt er Diana.

Sie nickt. »Ja. Unser Ernährungsberater hat den Plan anhand der Werte erstellt, die bei Jureks Analyse deines Körpers neulich herausgekommen sind. Du hast einen ziemlich geringen Körperfettanteil, nur neun Prozent. Und du hast für dein Alter recht viel Muskelmasse, richtig gut. Du kannst viele Kohlenhydrate ab«, sagt Diana und lächelt. »Dieser Plan gilt jetzt erst mal für vier Wochen. Danach sehen wir, wie sich dein Körper verändert hat und wie du dich fühlst. Gegebenenfalls passen wir ihn dann an. Den neuen Plan findest du dann automatisch in der App.«

Leon ist beeindruckt. Neugierig navigiert er sich weiter durch die App und entdeckt die Rubrik *Trainingsinhalte*. Er bewegt seinen Finger darauf und es ploppt eine Übersicht mit Videos auf. Sie tragen Titel wie *Passen unter Druck*, *Abschluss nach Flanken* oder *Verschieben in der Dreierkette*.

Die Übungen haben wir zuletzt im Training gemacht, stellt Leon fest. In den Videos ist die perfekte Ausführung in computeranimierten Grafiken zu sehen.

»Das ist echt praktisch«, lobt Leon. »Und, du, Diana, wo ich gerade hier bin bei dir …«

»Ja?«, sagt Diana mit gespanntem Blick.

»Aras hat mir erzählt, dass ich Schuhe bestellen kann.«

»Ja. Sag mir, welchen du willst, und ich bestell ihn dir. Ist dann in ein paar Tagen da.«

»Okay, ich nehme den Vapor XII, Größe vierundvierzig.«

Den Schuh, den auch Neymar trägt. Mit Sockenstoff bis über den Knöchel und dem superschmalen Schnitt. Leon wollte ihn schon immer haben, doch mit seinem bisherigen Taschengeld hat er die 290 Euro nie zusammenbekommen, und seine Eltern sagen immer, dass ein günstigerer Schuh es auch tue. *Und jetzt kriege ich den umsonst! Hammer.*

»Alles klar. Welche Farbe?«, will Diana von ihm wissen.

»Dark Lightning«, sagt Leon wie aus der Pistole geschossen. Das ist ein Giftgrün, das richtig leuchtet.

»Super«, sagt Diana, blickt auf ihren Laptop und macht ein paar Mausklicks. »Ist bestellt!«

Plötzlich vibriert Leons iPhone und auf dem Display blinkt eine Push-up-Nachricht auf: *Bayernlike – Neuer Tagesplan*. Leon drückt drauf.

Neue Wochenpläne für September

Leon klickt sich sofort gespannt durch, für einen Dienstag ist eingetragen:

10 Uhr Abfahrt zum Flughafen – Flug nach London
FC Arsenal gegen FC Bayern – Youth League
UNBEDINGT AN DEN REISEPASS ODER PERSONALAUSWEIS DENKEN!

Nur noch ein paar Wochen. *Langsam wird es ernst*, hört Leon eine Stimme in sich sagen.

5 BESTES TASCHENGELD EVER

Aras hält sein iPhone so hoch und so weit weg von seinem Körper, wie er kann. »Insta-Story, Jungs! Macht mal kurz Welle«, ruft er in den schwarzen Minibus hinein. Er sitzt in der letzten Reihe. Die anderen Jungs in den vorderen Reihen rasten wie auf Knopfdruck aus, brüllen »Yeeeah!«, ziehen Grimassen, strecken ihre Zungen raus, formen mit ihren Fingern Peace-Zeichen. Der Fahrer beobachtet die Teenager über den Rückspiegel, sein Blick sagt irgendwas zwischen Was-macht-ihr-da-nur und Gleich-komm-ich-nach-hinten-und-sorg-für-Ordnung.

Nur Leon ist ganz ruhig. Er sitzt direkt neben Aras und ist irgendwie zu eingeschüchtert von der ganzen Situation, um so albern wie die anderen zu sein. »Los, Leon, mach mal ein Duck-Face. So Kardashian-mäßig«, fordert Aras und spitzt seine Lippen. Jetzt muss auch Leon lachen. »Du bist so bescheuert«, sagt er und schiebt Aras' Arm mit dem Smartphone in der Hand zur Seite. Aras brüllt jetzt vor Lachen.

»Insta am Morgen vertreibt Kummer und Sorgen! Machen wir immer«, erklärt er Leon grinsend.

Das wars dann also mit Langschläfer-Flow, denkt Leon. Er würde am liebsten erst mal noch ein bisschen dösen und ganz in Ruhe so richtig wach werden.

Bereits um 7:15 Uhr haben die zwei Internats-Shuttles ihn und einen Teil der anderen Jungs abgeholt – und fahren sie nun zum Corvey-Gymnasium in Giesing, einige

Stadtteile weiter Richtung Stadtzentrum. Sandro sitzt im ersten Bus, Leon im zweiten. Zum Glück, Leon hat keinen Bock auf Stress. Schließlich ist es sein erster Tag an der neuen Schule. Bitte keine Nervklasse!

ELITESCHULE DES FUSSBALLS
DEUTSCHER FUSSBALL-BUND

Leon folgt Aras, der die große Holztür der Schule aufstößt und gleich die Treppe in den ersten Stock hinaufstürzt. Es hallt und es riecht total nach Schule, nach Bohnerwachs und Linoleumböden.

»Was ist denn hier anders als in einer normalen Schule?«, fragt Leon ihn auf den Stufen zu ihrem Klassenzimmer.

»Das ist alles voll korrekt hier: Wir vom Bayern-Internat können unsere Klausuren auch an anderen Tagen schreiben, wenn an dem Tag gerade ein wichtiges Training oder ein Auswärtsspiel oder so ist. Deswegen sind wir in einer Sportförderklasse. Und es geht klar, dass wir ein paarmal die Woche vormittags trainieren und den Stoff dann später nachholen. Zum Beispiel müssen wir in Kunst nicht immer da sein, und bei Sport auch nicht.«

Sehr easy, findet Leon auch. Er und Aras sind jetzt an ihrem Klassenzimmer angekommen. Die Flure der Schule sehen eigentlich genau aus wie die in Leons altem Gymnasium in Oberaudorf. Nur eines ist anders: An den Wänden hängen viele Fußballbilder. Leon geht näher ran. Unter einem Bild steht »B-Jugend FC Bayern 2015/2016«, unter einem anderen »Deutscher C-Jugend-Meister FC Bayern 2017/2018«. Cool, von den Spielern gehen wohl viele hier auf die Schule.

Plötzlich bekommt Leon einen Schlag auf die Schulter. Aras. »Los, lass mal reingehen«, sagt er. »Herr Schnarrenhausen kommt.«

Leon sieht einen Hünen mit grauem Bart und dicker Brille das Treppenhaus hochschleichen, mit einer Hand stützt er sich am Geländer, in der anderen trägt er eine Aktentasche. Seine Stoffhose wirkt wie aus den 1950er-Jahren, sein kariertes Sakko ist total zerknittert.

»Schnarrenhausen ist alt, aber er ist der netteste Mensch überhaupt, wirst sehen«, sagt Aras. »Und das Beste, Bro: Er ist Bayern-Fan! Richtig übertriebener Bayern-Fan.«

Die Jugendlichen, die gerade noch im Treppenhaus rumhingen, strömen in den Klassenraum und nehmen ihre Plätze ein. Der neben Aras ist schon besetzt, da sitzt Dejan. Aras zeigt auf die erste Reihe. »Streber immer nach vorn«, brüllt er Leon augenzwinkernd zu. Leon muss lachen. Er und ein Streber – mal so gar nicht. Er setzt sich. Neben ihm packt ein Mädchen ihren Schreibblock auf den Tisch. Leon hat das Gefühl, dass sie ihn etwas abschätzig anschaut.

»Hi, ich bin Leon. Ich setz mich erst mal zu dir, okay?«

»Hmmmm«, brummt das Mädchen nur und schaut weg.

»Wie heißt du?«, fragt Leon.

»Ciara«, antwortet sie, ohne Leon anzusehen.

Ihm ist bereits im Treppenhaus und beim Reinkommen ins Klassenzimmer aufgefallen, dass alle hier viel besser gekleidet sind als in seiner Heimat Oberaudorf oder in Rosenheim, wohin er an freien Tagen gern zum Shoppen gefahren ist. Die in München haben einen ganz anderen Style, stellt Leon für sich fest. Ciara könnte auch mit Cristiano Ronaldo zusammen sein, also, rein äußerlich. Sie trägt ihre blonden Haare zum Zopf gebunden, ist total ordentlich geschminkt, hat French Nails und einen feinen beigen Kaschmirpullover an. Sie riecht nach Vanille. Typ Sylvie Meis, die früher mit Rafael van der Vaart verheiratet und gefühlt tausendmal auf den Klatschzeitschriften zu sehen war, die Leons Mutter immer zu Hause hat. *Dabei ist Ciara wahrscheinlich genauso jung wie ich*, überlegt Leon. Er findet sie schon hübsch, aber nicht heiß. Dafür wirkt sie viel zu arrogant.

Schnarrenhausen ist echt ganz korrekt, doch sein Unterricht super-lame, findet Leon. Der Lehrer stellt den Neuen der Klasse kurz vor: »Das ist Leon aus Oberaudorf, wir freuen uns, dass er jetzt hier bei uns ist.«

Dann geht es los mit Mathe. 90 Minuten lang Formeln pauken. Absoluter Abtörner. Als um 9:30 Uhr der Pausengong ertönt, fühlt es sich für Leon an wie eine Erlösung. Gemeinsam mit Aras flitzt er in die Kantine und die beiden machen es sich mit einer Cola Zero und einer Banane auf einer Bank auf dem Schulhof gemütlich. Dejan und Kofi kommen auch schnell dazu.

»Jungs, wie wärs heute Abend mit einem kleinen Fifa-Turnier?«, fragt Kofi in die Runde.

»Bin dabei!«, brüllt Aras. »Du auch?«, fragt er und schaut Leon an. Ein bisschen Playstation spielen, warum nicht? Hat er zu Hause auch immer gern mit seinen Kumpels gemacht.

»Yes«, sagt Leon.

Nach der Pause langweilt er sich in zwei Stunden Geschichte bei Frau Weiler, deren Mundwinkel beim Sprechen noch mehr nach unten zeigen als die von Angela Merkel. Leon ist in Gedanken längst beim Training am Nachmittag. Schließlich hat er noch eine Stunde Erdkunde bei einem ziemlich jungen Lehrer namens Fiedler und dann ist endlich Schulschluss. Als Leon und die anderen Jungs aus dem Gebäude kommen, stehen die Shuttles schon bereit.

Zurück im Internat, geht es für die Jungs direkt zum Mittagessen, anschließend haben sie eine Stunde Zeit für ihre

Hausaufgaben. Leon muss sich für Erdkunde mit der Verschiebung von Gesteinsplatten beschäftigen. Um 16 Uhr ist Training. *Endlich!,* denkt Leon, als Aras wie verabredet an seine Tür klopft, um ihn abzuholen.

Nach dem Warmmachen pustet ihr Trainer Maik in seine Pfeife und holt die Jungs am Mittelkreis zusammen. Er und sein Co-Trainer Johannes reichen jedem der Spieler eine schwarze Weste. Wie selbstverständlich ziehen die anderen ihre Trainingsshirts aus, werfen sich die Weste über und ziehen die Shirts darüber. Leon macht es ihnen nach, hat aber keine Ahnung, was das soll.

»Was ist das?«, flüstert er Aras zu.

»GPS-Weste. Zeichnet unsere Daten im Training auf«, flüstert Aras zurück. »Voll der BH«, fügt Aras noch schnell hinzu und lacht leise.

Die Westen sehen wirklich so aus, findet Leon.

Sobald jeder seine Weste anhat, hält Trainer Maik den Jungs seine Magnettafel entgegen. Darauf kleben grüne und rote Steinchen. »Jungs, heute geht es um das Passen unter Druck. Wir simulieren eine Situation, wie wir sie im Spiel ganz oft erleben: Wir sind im Angriff und der Gegner hat hinten zugemacht. Dann ist Übersicht gefragt! Zwei Kontakte, maximal. Sucht Lösungen!« Er verschiebt die grünen Steinchen auf seiner Tafel zu einer Dreierkette. »Aras, Leon und Sandro: Das seid ihr. Die Angriffskette.« Das erste Mal spielt Leon in solch einer Übung mit Sandro zusammen. »Kofi, Dejan und Mario, ihr seid hier«, sagt Maik und zeigt auf die roten Steinchen. »Geht sie hart an! Verteidigt wie im Spiel. Ich will jetzt was von euch sehen, Jungs«, sagt er und klatscht in die Hände.

Leon sieht Sandro mit erwartungsvollem Blick an.

Sandro blickt ihm nur kurz in die Augen und sagt: »Verbock mir die Übungen nicht, klar? Es sind nur noch ein paar Wochen bis Arsenal, das hier ist wichtig.«

Leon sagt gar nichts und stellt sich auf seine Position. Anfang September spielt die Mannschaft beim FC Arsenal, dem Kultklub aus London. Es ist das erste Spiel für die Bayern in dieser Saison in der Youth League, der Champions League für die Junioren. Die besten Mannschaften Europas treffen hier aufeinander. Früher gab es eine solche Königsklasse nur für die Profis und die U19, seit einer Reform der Verbände nun auch für die U16.

So unsympathisch er Sandro auch findet – Leon ist sicher, dass der Typ in dieser Sache recht hat: Die Trainings jetzt sind echt wichtig. Die Atmosphäre auf dem Rasen ist anders als noch vor einer Woche, die Spannung ist richtig zu spüren.

»Auf gehts!«, ruft Maik und wirft von der Seitenlinie den Ball ins Spielfeld. Leon sprintet hin, Kofi auch, doch Leon ist schneller und beugt – breitbeinig stehend – seinen Oberkörper über den Ball, um ihn abzuschirmen. Er passt auf Sandro, der weiterleitet zu Aras. Sie sollen vor allem über die linke Seite spielen, das trichtert Maik ihnen seit Tagen ein. Sandro hat das offensichtlich schon verinnerlicht und läuft sich immer wieder auf der Außenbahn frei, Aras spielt mit ihm Doppelpass, für die Verteidiger geht es viel zu schnell. Leons Trainingsgruppe dominiert die Übung auf ganzer Linie, und Leon hört, wie Maik von außen immer wieder begeistert klatscht. Sandros Anspiele kommen hart und genau im richtigen Moment. Seine Spezialität sind die No-Look-Pässe: Sandro schaut nach rechts und spielt dann nach links. Meist allerdings auf Aras. Leon sucht er nur dann, wenn es nicht anders geht. Nach einigen Minuten reicht es Leon. Er nimmt all seinen Mut zusammen und ruft: »Ey! Spiel, verdammt!«

Sandro reagiert nicht, dribbelt – und verliert den Ball. Leon wischt sich den Schweiß von der Stirn und krempelt sich die Ärmel seines Trainings-Sweatshirts hoch. *Na warte, Junge, dir werd ichs zeigen!*

Als Aras kurz danach den Ball mit einem cleveren Tackling zurückerobert und auf Leon spielt, stürmen zwei Verteidiger auf einmal auf ihn zu. Leon bleibt nicht mal eine Sekunde, um zu überlegen, was er machen soll. Intuitiv chippt er den Ball über die beiden Gegner, er lupft ihn genau in Aras' Lauf und Aras ist auf der linken Seite frei durch. Er sprintet durch bis zur Grundlinie, legt zurück auf Leon, der den Ball unter die Latte knallt und das Tor mit seinen Jungs feiert.

Maik pfeift die Übung ab. »Super, Jungs! Aras und Leon, das am Ende war genau so, wie ich es sehen will. So können wir Arsenal knacken!« Dann dreht er sich zu Sandro um. »Sandro, auch gut. Aber weniger alleine machen. Schneller spielen, weniger Kontakte. Wie Leon.« Sandro nickt. Aber sein Blick sagt Leon, dass er richtig genervt ist.

Aras beobachtet das und kommt auf dem Weg in die Kabine zu Leon. »Ich glaube, ich habe gerade einen Spitznamen für dich gefunden: Messi! Solche Pässe spielt sonst echt nur Messi, Alter«, flüstert er. Leon grinst. Und ist stolz.

Nach dem Training huscht Leon auf sein Zimmer. Jeder Internatsbewohner hat sein eigenes Bad, und Leon liebt es, nach dem Training lange und warm zu duschen.

Danach setzt er sich an seinen Schreibtisch, nimmt sein Tablet und ruft seine E-Mails ab. Ein Onlineshop-Newsletter, Werbung – und eine Mail, die Leon sofort aufruft.

Von: familiekaltenberg@t-online.de

Gesendet: Montag, 17:42 Uhr

An: leonkaltenberg@gmail.com

Betreff: Taschengeld :-)

Hey, mein Süßer!

Wie gehts dir? Wir hoffen doch, gut.

Sicher ist alles sehr spannend für dich da unten in München.

Hätte heute gern deine Stimme gehört, nur wollte ich dich nicht stören (ich weiß doch, wie peinlich es dir wäre, wenn Mama dich auf dem Handy anruft und die Jungs im Internat das mitkriegen. Aber stell dich drauf ein – irgendwann bald klingele ich durch :-))

Eine wichtige Sache: Der FC Bayern überweist dir jeden Monat 1500 Euro Gehalt (Du Großverdiener! Davon können Floristinnen wie ich nur träumen!). Bis du achtzehn bist, geht das Geld auf unser Konto. Papa und ich wollen das Geld auf einem Sparkonto anlegen, das wir für dich eröffnet haben, und dir jeden Monat 300 Euro Taschengeld auszahlen. Passt das für dich?

Wir lieben dich. Schieß im Training morgen ordentlich Tore und zeig es allen!

Bis bald

Mama

300 Euro im Monat sind der Hammer, denkt sich Leon. Euphorisch wirft er seine Trainingsjacke über und holt Aras ab, der sein Zimmer am Ende des Flurs hat. »Ab zum Fifa-Turnier?«, fragt Leon.

»Ja, Mann!«, antwortet Aras und wenige Sekunden später sitzen sie auf dem Sofa des Aufenthaltsraums.

Leon wählt Paris Saint-Germain aus. Nimmt er immer, allein schon wegen Neymar. Und Kylian Mbappé ist auch total heftig. Der hat so krasse Werte bei Sprint und Schuss.

Aras spielt mit Manchester United, Kofi mit dem FC Chelsea, Dejan mit dem FC Arsenal.

Jetzt spiele ich gegen die auf der Playsi. Und bald auf

dem echten Rasen! Leon spürt, wie er eine Gänsehaut bekommt.

Als er noch in Oberaudorf wohnte, hat sein Kumpel Marko immer Arsenal genommen, der ist totaler London-Fan. Leon denkt an zu Hause, an seine Eltern, an seine alte Mannschaft, während er wie mechanisch auf die Tasten drückt. Obwohl die Jungs um ihn herum total nett sind, ist er plötzlich ziemlich traurig. Leon versucht mit seinen Gedanken und dem Controller gleichzeitig zu jonglieren, doch es gelingt ihm nicht, er spielt sein schlechtestes Fifa-Turnier aller Zeiten und wird Letzter. Er legt seinen Controller auf den Couchtisch und schwört sich, am nächsten freien Tag seine Eltern und Marko zu besuchen.

6 LONDON CALLING

Die Wochen rasen dahin. All die Trainings und die neue Schule fordern Leon so, dass für Heimweh keine Zeit bleibt. Jetzt sitzt er mit Aras im Wartebereich des Terminal 2 am Münchner Flughafen und beobachtet Sandro.

Leon, die anderen Spieler des Teams und die Betreuer wurden heute früh im Mannschaftsbus vom Internat zum Flughafen gefahren, und bis zum Abflug hat Trainer Maik erlaubt, dass jeder noch in den Shops was kaufen oder einfach abhängen kann. Viele aus der Mannschaft sind zusammen losgestürmt.

Sandro ist wie beinahe immer allein unterwegs. Er lässt seinen Blick durch die Schaufenster tanzen. Vor dem Tiffany-Laden bleibt er stehen und starrt auf eine silberne Kette. Aras hat Leon heute Morgen im Bus erzählt, dass Sandro jetzt eine neue Freundin hat.

LH415 – Boarding blinkt auf der Anzeigetafel an der Wand auf.

Endlich, denkt sich Leon. Dann mal los.

London is calling.

★ ★ ★

Leon und Aras pressen ihre Nasen an die Fensterscheiben und starren mit offenen Mündern nach draußen. Nebel hängt über den Straßen. Der gemietete Mannschaftsbus quält sich durch den dichten Verkehr der englischen Metropole, von draußen ist die Stimme eines Stadtführers zu hören, der mit einem Headset auf einem offenen Doppeldeckerbus steht und gerade einer Schulklasse erklärt, dass das London Eye, das berühmte Riesenrad, 135 Meter hoch ist.

»Das ist verdammt hoch«, sagt Aras. »Da würdest du mich nicht reinkriegen.«

»Da haben wir sowieso keine Zeit für«, sagt Leon. »Und außerdem wird unser Erlebnis heute viel besser als jede Riesenradfahrt, wetten?«

Er fühlt sich bestens. In dem Viersternehotel hat er richtig gut geschlafen, so eine dicke Matratze hatte er noch nie und die Regenwalddusche hat ihn morgens total wach gemacht. Beim Frühstück hat er Aras aufgezogen, weil der am Vortag natürlich seinen Reisepass vergessen hatte. Zum Glück hat er es gemerkt, als Maik im Bus vor der Abfahrt danach fragte. Typisch Aras, sooo verplant.

Jetzt sind sie endlich auf dem Weg nach Borehamwood, einer kleinen Stadt am nördlichen Rande Londons. Im Stadion Meadow Park trägt die Jugend des FC Arsenal ihre Spiele aus und an diesem Mittwoch ist um 17 Uhr Anpfiff gegen den FC Bayern. Wie auch in der Meisterschaft und dem DFB-Pokal der U16 geht ein Spiel 80 Minuten lang und ist somit zehn Minuten kürzer als eine Partie der Profis. Aber oftmals spannender, sagen viele in der Mannschaft.

Leon, Aras und die meisten der anderen Jungs aus der Mannschaft waren noch nie in London. Gestern nach der Landung waren sie richtig aufgekratzt, aber heute Morgen hat sich ihre Aufregung in Konzentration verwandelt. Jetzt sind es nur noch drei Stunden bis zum Anpfiff und von Minute zu Minute wird es ruhiger im Bus. Fast alle haben ihre Kopfhörer auf.

Nach einer Stunde Fahrt erreichen sie endlich die Vereinsanlage. Der Himmel schießt den Regen wie graue Speere auf die Erde, das Stadion leuchtet bei diesem Wetter richtig, die Luft ist kalt und schmeckt nach englischem Fußball. »Okay, Jungs, helft Holger beim Auspacken, dann sehen wir uns den Platz an.«

Holger ist der Zeugwart der U16 und hat in München 20 Bälle, Leibchen, Trikots, Hosen, Stutzen, Bandagen, Schuhe, Mützen, Caps und Regenjacken in Metallkisten, Netzen und Taschen verstaut. Es ist Tradition, dass die Jungs beim Ausladen mit anpacken.

Anschließend stehen die Jugend-Fußballer in Trainingsanzügen und Sneakern auf dem Rasen des Stadions. Leon stapft mit dem rechten Fuß ein paarmal in Höhe der Mittellinie auf, beugt sich runter, streicht über die Grashalme und sagt: »Das ist voll der Teppich.« Gar kein Vergleich zu dem Acker in Oberaudorf.

Aras nickt und blickt auf die noch leeren Tribünen. »Da werden nachher auf jeden Fall einige Zuschauer sein, denke ich«, sagt er. »Meine Eltern schauen von zu Hause aus zu.«

»Cool«, sagt Leon. »Ich habe meine per E-Mail auch noch mal dran erinnert. Meine Mutter ist aber sicher wieder bis zwanzig Uhr in ihrem Laden und mein Vater hat es nicht so mit Fußball.«

Die UEFA überträgt jedes Spiel der Youth League per Livestream im Internet. Leon und Aras haben schon mehrere Abende auf Leons Bett gesessen, Spiele auf dem Tablet geguckt und die Konkurrenz analysiert. Ihre Bilanz: Arsenal und Real sind international die Besten. Wo ihre eigene Mannschaft steht, lässt sich noch schwer sagen – das Spiel in London ist das erste der Bayern in der Youth League diese Saison.

»Okay, Jungs, lasst uns in die Kabine gehen«, ruft Trainer

Maik – und Leons Anspannung steigt. Jetzt ist der große Moment gekommen – gleich wird Maik der Mannschaft die Aufstellung präsentieren. In vielen Jugendteams der Bayern verraten die Trainer den Spielern bereits am Tag vor dem Spiel, wer aufs Feld darf. Damit sich jeder darauf einstellen kann. Maik hat seiner Mannschaft kürzlich erklärt, dass er eine andere Philosophie hat. Er will die Spannung bei jedem bis kurz vor dem Spiel hochhalten. Und gleichzeitig vermeiden, dass sich die Spieler am Abend vorher zu viele Gedanken über die Aufstellung machen.

Leon setzt sich auf die Holzbank in der Kabine. Maik hat ein Flipchart aufgebaut und lässt einen Edding über das Papier gleiten, es quietscht beim Schreiben. Das Flipchart steht mit der Rückseite zur Mannschaft – noch kann keiner sehen, welche elf Namen der Trainer aufschreibt.

Die Sekunden fühlen sich ewig an. *Mach hin jetzt, Mann! Rück endlich raus mit der Aufstellung!*, denkt Leon. Er ist total gespannt, ob Maik ihn wie im Training zentral im Sturm einsetzt. Oder etwas mehr rechts, als hängende Spitze. Leon hofft auf die zentrale Position. *Die wird es bestimmt, im Training war ich top in dieser Rolle*, findet er.

Plötzlich Stille. Kein Edding-Gequietsche mehr. Maik ist fertig. Er blickt schweigend in die Runde – und dreht die Tafel um. »So spielen wir heute, Jungs«, sagt er dann.

Leons Augen scannen die Tafel. Zuerst sucht er seinen Namen oben im Sturm, doch da steht Sandro. Okay, dann eben rechts. Auch da steht er nicht, da spielt Aras.

Leon lässt seinen Blick weiter über die Aufstellung kreisen, jetzt immer schneller. Er ist alle elf Namen durchgegangen. Seiner ist nicht dabei. Fassungslos starrt er auf die Aufstellung. Auf die elf Namen, von denen keiner seiner ist.

Für Leon stand gar nicht zur Debatte, *ob* er spielt. Sondern nur, *wo* er spielt. Denn er hatte nach jedem Training der vergangenen Woche das Gefühl, dass Maik zufrieden war. Er hatte viel härter als Sandro trainiert, viel mehr in die Übungen investiert. Und jetzt das.

Mühsam drängt Leon die Tränen zurück. Er könnte heulen vor Wut. Vor Enttäuschung. Vor Unverständnis. Am liebsten würde er einfach aus der Kabine rennen und allein sein.

Seine Hände krallen sich in der Sitzbank vor seinem Spind fest, sein Blick bohrt sich in den Boden. Leons ganzer Körper ist total verkrampft. So angespannt sitzt er sonst nur da, wenn es im Flugzeug zu Turbulenzen kommt und der Hinweis zum Anschnallen aufleuchtet.

Als Maik zu seiner Ansprache ansetzt, klingt es für Leon, als sei sein Trainer ganz weit weg. Er nimmt die Rede gar nicht richtig wahr.

»Aggressiv sein … Auf Arsenals Zehner aufpassen, der ist brutal schnell! … Lücke zwischen Abwehr und Mittelfeld nie groß werden lassen …« Zu Leon dringen nur ein paar Satzfetzen durch. Erst als die anderen klatschen und aufspringen, erwacht Leon aus seiner Trance.

Er trottet den anderen Jungs Richtung Spielfeld hinterher und blickt auf dem Weg aus der Kabine Maik an. Leon will einen Blick, der ihm die Entscheidung gegen ihn erklärt, ein aufmunterndes Schulterklopfen, irgendwas. Doch Maik schaut nur konzentriert auf sein Klemmbrett mit dem Spielberichtbogen darauf.

Leon läuft sich ziemlich unmotiviert mit den anderen warm, und als es losgeht und die Startelf-Spieler ihre Trainingsjacken ausziehen, setzt er sich auf die Bank neben Benny. Den Jungen, den er an seinem ersten Tag in der Küche mit Sandro sah.

»Hätte gedacht, dass du spielst«, sagt Benny und zieht fragend seine Augenbrauen hoch.

»Ich auch«, murmelt Leon frustriert in den Kragen seiner Trainingsjacke hinein. Und denkt sich: *Wenn selbst Sandros einziger Kumpel in der Mannschaft das so sieht, kann ich ja wohl nicht so schlecht trainiert haben.*

Anpfiff. Arsenal macht sofort Ernst. Gleich der erste lange Ball der Gastgeber setzt die Bayern-Abwehrkette unter Druck. *Alter, ist der schnell!*, denkt sich Leon, während er den Arsenal-Stürmer mit der Nummer 11 beobachtet. Und der ist locker 1,90 groß. Mit seinem muskulösen Körper sieht er ziemlich Respekt einflößend aus und wirkt wie eine junge Version von Didier Drogba. Kofi muss gleich alles geben, um diesen rasenden Drogba-Riesen beim ersten Angriff noch einzuholen und seinen Pass zu blocken.

Leon kann spüren, dass seine Mannschaft nervös ist. Die

Tribüne hinter der Spielerbank ist voll, das sind bestimmt tausend Leute, mehr als bei manchem Regionalliga-Spiel der Erwachsenen-Teams. Bayern kommt gar nicht aus der eigenen Hälfte, Arsenal hat so viel Ballbesitz wie damals die Bayern-Profis unter Pep Guardiola. Wahnsinn.

Arsenals Spielmacher, ein kleiner Engländer mit roten Haaren und einem Bewegungsablauf wie Toni Kroos, zieht aus 20 Metern ab, Torwart Benedict rettet mit einer Megaparade und Maxim drischt den Abpraller Richtung Mittellinie. Kurz danach schlägt Arsenals Kapitän einen Eckball scharf an die Grenze des Fünfmeterraums, der Riesenstürmer schraubt sich mit seinen langen Beinen hoch und springt höher als alle Bayern-Verteidiger, doch zum Glück geht sein Kopfball knapp über die Latte. Er rauft sich die Haare und spuckt auf den Rasen.

Als Leon nach einer Viertelstunde auf die Uhr der Videowand des Stadions schaut, denkt er: *Wir können glücklich sein, dass es noch 0:0 steht.*

Von Sandro ist bislang gar nichts zu sehen. Aus dem Mittelfeld kriegt er keine Bälle, und wenn er mal einen Ball erobert, ist der gleich wieder weg, weil die Arsenal-Abwehrspieler gedanklich immer einen Schritt voraus sind.

Und dann passiert es.

Londons rothaariger Spielmacher spielt einen perfekten Pass in die Nahtstelle zwischen Innenverteidigung und Außenverteidigung, die Nummer 11 ist schneller als alle Bayern und läuft frei auf Benedict zu. Bene macht sich ganz groß, so wie es Manuel Neuer immer macht, doch Arsenals Drogba-Stürmer bleibt völlig cool und schiebt den Ball rechts an ihm vorbei. 1:0. Das Stadion jubelt. »MANN!«, ruft Maik und schmeißt vor Wut eine Wasserflasche neben die Ersatzbank. »Wir sind null im Spiel. Null!«

In den Minuten danach trifft Arsenal einmal die Latte und einmal den Pfosten, Bayern ist ohne jede Chance. Dann endlich pfeift der Schiedsrichter zur Halbzeit. Maik bläst seine Backen auf und geht ganz schnell in die Kabine, die Spieler folgen ihm mit gesenkten Köpfen.

In der Kabine schnappen sich alle Wasserflaschen, Leon setzt sich ruhig auf seinen Platz neben Aras.

»Männer! Was ist los? Wo ist unser Mut? Sind wir Feiglinge?«

Maik ist auf 180. Seine Stimme bebt. Niemand erwidert etwas.

»Ich sag euch jetzt was – wir sind *keine* Feiglinge! Aber wir spielen heute wie welche. Und das verstehe ich nicht. Ihr habt so viel drauf. Zeigt es doch!« Maik geht während seiner Rede auf und ab, wie ein Zootiger in seinem Käfig. Er holt kurz Luft.

»Natürlich ist Arsenal gut! Weiß ich. Die sind total schnell, technisch perfekt. Weiß ich! Der Elfer ist unfassbar groß – weiß ich! Ist nicht einfach. Weiß ich auch! Aber das, was wir dagegenstellen können – das ist viel mehr! Mehr als individuelle Qualität. Das packt ihr. Wir sind doch nicht zwei Stunden hierhergeflogen, um zuzuschauen, wie die hier Fußball spielen. Jetzt geht es los.« Maik macht eine Pause, um seine Worte wirken zu lassen. In der Kabine ist es so übertrieben ruhig, dass man jeden Atemzug hört. Leon blickt zu Aras, der ihm gegenübersitzt. Sein Freund wischt sich mit einem Handtuch den Schweiß von der Stirn und blickt auf den Boden.

»Also, zeigt in der zweiten Halbzeit mehr Mut, Jungs, okay? Riskiert ein bisschen mehr. Setzt mal den Konter. Löst hinten ruhig mal die Viererkette auf. Dann sind wir halt zu dritt hinten. Und? Kofi – nutz den Platz in der Mitte. Sandro – schieß ruhig mal aus zwanzig Metern!«

Kofi und Sandro nicken pflichtbewusst.

»Kommt, Jungs, weiter gehts. Ich glaube an euch.« Die Mannschaft steht auf, klatscht in die Hände und geht zurück auf den Rasen. Und Leon setzt sich wieder auf die Bank.

Das Spiel läuft erst mal weiter, wie es vor der Pause aufgehört hat. Arsenal fährt einen Angriff nach dem anderen. Bis Aras auf der rechten Außenbahn dem Außenverteidiger Arsenals mit einem überraschenden Tackling den Ball abluchst und an zwei weiteren Gegenspielern vorbei in den Strafraum dribbelt. Er legt sich den Ball etwas zu weit vor, Arsenal klärt zum Eckball, doch diese Aktion rüttelt die Bayern-Mannschaft wach. Fortan gewinnen die Münchner mehr und mehr Zweikämpfe. In den Arsenal-Strafraum schaffen sie es allerdings nicht, ihr Gegner steht defensiv einfach zu kompakt. Sandro probiert es mit einem Lupfer auf Kofi, doch sein Pass ist etwas zu lang. Dann schießt er, wie von Maik in der Halbzeitpause gefordert, aus der Distanz, aber der Ball geht voll über das Tor. *Es ist nicht sein Tag*. Leon hat kein Mitleid mit Sandro, doch er denkt sofort auch an die Mannschaft – und für die ist ein Totalausfall des Goalgetters nicht gerade geil. Leon blickt auf die Videowand – noch 17 Minuten zu spielen.

»Ihr drei – warm machen!«, ruft Maik plötzlich und zeigt auf Benny, Simon – einen schmächtigen Abwehrspieler – und Leon. Holger schmeißt dem Trio Neonleibchen zu, welche die Spieler beim Warmlaufen am Spielfeldrand laut Vorschrift der UEFA tragen müssen. Leon schießt sofort eine Gänsehaut über die Arme. Bringt er mich? Oder sollen wir uns nur bereithalten, falls sich jemand verletzt? Er läuft hinter dem Bayern-Tor auf und ab, dehnt seine Leisten, sprintet kurz. Dabei lässt er das Spielgeschehen nicht aus den Augen. Seine Mannschaft ist jetzt viel besser im Spiel, aber vorn geht weiterhin zu wenig.

Und dann kommt es – das Signal von der Ersatzbank. Co-Trainer Johannes hält ein Trikot mit der Nummer 7 hoch.

Das ist meine Nummer! Leon sprintet sofort zur Ersatzbank, zieht schon auf dem Weg das Leibchen und die Trainingsjacke aus und wirft beides Holger zu. Maik winkt Leon zu sich heran. Er nimmt ihn in den Arm. Leon zuckt bei der Berührung kurz zusammen, er ist immer noch sauer, weil er nicht von Anfang an spielt, und würde lieber Distanz zum Trainer haben. Aber dann merkt er, dass er viel zu konzentriert und angespannt ist, um weiter sauer zu sein. Und für so was jetzt keine Zeit ist. *Du willst Profi werden, also verhalte dich auch professionell*, sagt sich Leon.

»Leon, Junge, du kommst für Sandro. Spiel einfach dein Ding. Arbeite mit nach hinten und probier vorn was, okay?« Maik klopft ihm aufmunternd auf die Schulter.

Leon blickt an dem Trainer vorbei auf das Spielfeld und nickt. Zwei Sekunden später landet ein Schuss von Arsenal im Tor-Aus, der Schiedsrichter pfeift, und Leon sieht, wie sich Sandros Blick verfinstert, als er seine Nummer – die 10 – auf der Tafel des Schiedsrichter-Assistenten entdeckt. Sandro trabt zur Seitenlinie. Leon hält ihm die Hand zum Abklatschen hin und Sandro haut mit seiner frustriert dagegen. Leon läuft auf den Rasen und postiert sich vor der Arsenal-Abwehr. Sein Herz pocht wie wild.

Benedicts Abschlag fliegt hoch und weit Richtung Strafraum, Leon steigt zum Kopfball hoch, hat die Flugbahn aber nicht gut berechnet und segelt untendurch. *Geht ja gut los!* Er sprintet dem Arsenal-Verteidiger hinterher, doch der passt direkt ins Mittelfeld. Zum Glück gewinnt dort Kofi seinen Zweikampf und erobert den Ball zurück. Er spielt auf Leon, und der will ihn direkt auf Aras nach rechts rauslegen, trifft den Ball mit der rechten Innenseite aber nicht richtig und spielt ihn deshalb zu lang. Einwurf für Arsenal. *FUCK!* Leon wird bewusst, wie nervös er ist und wie schlecht er bislang spielt. *Reiß dich jetzt zusammen*, sagt er sich.

Wieder der Blick auf die Videowand: Noch zwei Minuten.

Arsenals Stürmer mit der Nummer 11 dribbelt auf die Bayern-Abwehr zu. Er legt sich den Ball an Münchens Sechser Adrian vorbei – doch der ahnt den Move voraus und passt direkt auf Aras. Arsenal ist weit aufgerückt und Aras sieht den Freiraum auf der Außenbahn und sprintet los. Leon läuft sich zentral frei und zeigt mit den offenen Handflächen an: *Spiel!* Doch Aras dribbelt weiter, verlädt mit einem Übersteiger einen kräftigen Abwehrspieler mit Bürstenschnitt und zieht in die Mitte. Leon kreuzt, Aras holt zum Schuss aus, der Arsenal-Verteidiger mit der schlimmen Frisur neben ihm kann nicht mehr an den Ball kommen – und checkt Aras mit seinem Ellenbogen voll um. »Ey! Schiri«, platzt es aus Leon heraus. Aber er braucht gar nicht zu protestieren. Der Schiedsrichter steht gut, hat das Foul gesehen und entscheidet sofort: Gelbe Karte. Und Freistoß.

Mal 'ne richtig perfekte Position, denkt Leon. 18 Meter vor dem Tor, halb rechts. Normalerweise ist Sandro der Freistoßschütze, das hat Trainer Maik vor der Saison festgelegt. Aber Sandro ist ja schon runter – also wer schießt jetzt? Als Leon sich gerade umblickt, rappelt sich der gefoulte Aras auf und sagt: »Leon, du bist noch frisch. Schieß du.«

Krass.

»Okay«, sagt Leon. Er spürt die gespannten Blicke seiner Mitspieler in seinem Rücken, als er sich den Ball zurechtlegt. Erstes Spiel – und dann gleich so einen Freistoß schießen? Doch keiner protestiert. Alle haben im Training gesehen, dass Leons Schlenzer richtig gut kommen.

Als der Ball liegt, stemmt Leon seine Arme in die Hüfte und schaut auf den Keeper. Der steht in der Torwart-Ecke und dirigiert mit beiden Armen eine Vier-Mann-Mauer. »RIGHT! RIGHT!«, brüllt der Keeper seinen Mitspielern zu, von denen jeder mit seinen Händen vorsorglich schon mal sein bestes Stück schützt.

Seitlich an der Mauer vorbei, denkt sich Leon. *So müsste es gehen.* Jetzt hier, auf diesem Rasen in London, in seinem ersten Spiel für den FC Bayern spürt er, dass dieses rote Trikot nicht einfach nur ein Stück Stoff ist. Es ist etwas, für das er bereit ist *alles* zu geben.

Es ist auf einmal ganz leise im Stadion. Von den Zuschauern auf der Tribüne ist nichts mehr zu hören. Leon kommt es vor, als würde die Welt gerade stillstehen. Er nimmt vier Schritte Anlauf und schaut nur auf den Ball. Mit dem linken Innenrist trifft er ihn links mittig und lässt ihn leicht über seinen Spann rutschen, und als der Ball seinen Fuß verlässt, hat Leon ein gutes Gefühl.

Er schaut ihm nach. Wie in Zeitlupe sieht er den Ball

Richtung Tor fliegen. Arsenals Torwart streckt sich und hebt ab, der Ball segelt Richtung Winkel. Es sieht aus, als würde der Keeper an den Ball kommen. Doch Leon hat ihm so viel Schnitt gegeben, dass er sich auf den letzten Metern nach außen dreht. *PLANG!* Der Ball knallt gegen den Innenpfosten – und prallt von da aus ins Netz. Toooooor! 1:1!

Leon weiß nicht, wie ihm geschieht. Er ist kurz wie eingefroren, bewegt sich einfach mal gar nicht. Dann sieht er Aras strahlend auf sich zulaufen, Bene in seinem Tor vor Freude hüpfen, er sieht Maik an der Seitenlinie auf und ab springen. Und er spürt, wie das pure Glück seinen Körper durchströmt. Leon reißt die Arme hoch und verschwindet eine Sekunde später unter einem Haufen Bayern-Jungs, die sich auf ihn werfen. Wahnsinn!

»Goal for FC Bayern Munich. Player with the number seven – Leon Kaltenberg. Score now is 1:1«, sagt der Arsenal-Stadionsprecher durch, und er klingt dabei so grummelig, als hätte er gerade einen Lottoschein mit sechs Richtigen aus Versehen das Klo runtergespült. Trotz der Lautsprecher ist der Jubel der Bayern viel lauter als der Sprecher.

Schließlich zeigt der vierte Schiedsrichter draußen an: zwei Minuten Nachspielzeit. Arsenal wirft noch einmal alles nach vorn. Doch Leons Mannschaft hat der Ausgleich so beflügelt, dass sie jetzt total sicher steht und jeden Ball weghaut. Dann pfeift der Schiedsrichter ab.

Mehr geht nicht, denkt Leon, als die Bayern die Arme in die Luft reißen und erschöpft, aber glücklich auf den Boden fallen. Alle Bayern außer Sandro, der teilnahmslos an der Seitenlinie stehen bleibt.

Noch nie hat sich ein Unentschieden für Leon so sehr wie ein Sieg angefühlt.

7 LÄUFT BEI UNS, BRO!

Aras zieht die weiße Bezahlkarte aus Plastik über das Magnetfeld an der Pasta-Bar. »Dicker, jetzt hast du mein Essen da auch mit drauf!«, sagt Leon und schaut seinen Freund irritiert an.

»Ich weiß. Soll so sein. Ich lade dich heute ein«, antwortet Aras und sein typisches fettes Grinsen erscheint auf seinem Gesicht.

Heute ist trainingsfrei und nach der Schule sind sie gleich in die City gefahren. Essen gehen, ein bisschen shoppen – das ist ihr Plan für den Nachmittag. »Wir gönnen uns heute«, hat Aras schon beim Frühstück im Internat gesagt.

Einen Tag zuvor sind sie aus London zurückgekehrt. Im Flieger nach München war nach dem gewonnenen Punkt bei Arsenal beste Stimmung. Über den Wolken hat Aras ein Foto von sich und Leon geschossen. Beide strahlen und machen das Poldi-Zeichen, Daumen nach oben. Aras hat es gleich nach der Landung auf Instagram gepostet und Leon geschickt, der es auch sofort online gestellt und Aras darauf verlinkt hat. Während Aras sich gierig seine Penne mit Walnusskernen reinschaufelt, checkt er mit der anderen Hand seinen Account. »Neunzig Likes bei mir«, sagt er und bewegt seinen Kopf so, als wolle er sagen: Nicht schlecht, aber auch nicht gut. »Wie viele bei dir?«, will Aras von Leon wissen.

Leon hat noch gar nicht nachgeschaut. Er fischt sein

Smartphone aus der Innentasche seiner schwarzen Lederjacke und öffnet Instagram. Als er die Zahl in dem Herzchen-Symbol sieht, staunt er. »156! Was geht ab?« So viele Likes hatte Leon noch nie.

Er scrollt durch die Liste und prüft, wer das Bild geliked hat. Viele kennt er nicht. Ein Profilbild springt ihm besonders ins Auge. Er klickt es an und es öffnet sich das Profil von *Yusrarella*. *Die ist ganz schön hübsch*, denkt Leon. Leuchtende braune Augen. Lange schwarze Haare, wie ein Model.

Aras schaut ebenfalls auf Leons Display. »Hey, meine Schwester hat dein Bild auch geliked!«

Das ist Aras' Schwester? Leon wusste gar nicht, dass sein Kumpel eine hat. Die beiden kennen sich jetzt zwar schon ein paar Wochen, aber bislang haben sie eben nur über Fußball gesprochen. Und ein bisschen über das neue Album von Shindy. Und über die Netflix-Serie *Narcos*. Aber eben nicht über Familie und so.

»Meine Schwester hat einen ziemlich nicen Blog. *Yusrarella* heißt der. Eine Mischung aus Yusra, ihrem Namen, und Cinderella, verstehst du? Sie schreibt viel über Mode und Lifestyle. Mehr so für Ladys, aber nicht nur.«

»Cool«, sagt Leon. »Hast du noch mehr Geschwister?«

»Nein, nur sie. Aber das reicht auch. Mit mehr Mädels hätte ich es zu Hause nicht ausgehalten«, sagt Aras und lacht. »Ich nehme dich beim nächsten Besuch bei meinen Eltern unbedingt mal mit, dann lernst du alle kennen. Unsere Wohnung ist nur eine halbe Stunde vom Internat entfernt.«

»Gern«, sagt Leon. Aras ist als Erster fertig mit dem Essen, wie immer. *So ein Mähdrescher*, denkt Leon. Er vernichtet seine letzten Bissen vom Garnelensalat und greift dann nach seiner Jacke. »Okay, lass uns gehen«, raunt er Aras zu.

Als sie aufstehen, bemerkt Leon, dass jemand auf dem Nachbartisch seine ausgelesene *BILD* liegen gelassen hat. Leon hat so ein Gefühl und blättert durch zum Sportteil – Treffer! »Aras, schau mal hier«, sagt er und zeigt auf die Meldungsspalte. Neben einem Artikel über Robert Lewandowski, der nach seiner Verletzung wieder fit ist, steht da gleich als oberste Nachricht ein kleiner Spielbericht über ihr 1:1 bei Arsenal.

»Läuft bei uns. Ganz langsam werden wir berühmt, mein Bester«, sagt Aras.

★ ★ ★

Der rote Laserpointer flackert mitten auf Leons Stirn auf, als würde ein Scharfschütze ihn ins Visier nehmen. Wie in diesen Hollywood-Filmen mit Tom Cruise und so. »Hier! Leon, da hättest du in die Spitze stoßen müssen, da war die Lücke!«, erklärt Maik und zielt mit seinem Laserpointer jetzt auf die Stelle der Leinwand, an der Aras als gestopptes Videobild zu sehen ist. »Aras hätte dich perfekt anspielen können.«

Leon sieht sofort ein, dass Maik recht hat. Die Videoanalysen der Spiele sind Maik sehr wichtig, an diesem Vormittag dauert die Nachbesprechung der Arsenal-Partie über eine halbe Stunde. Danach schickt der Trainer seine U16 raus auf den Trainingsplatz zum Warmmachen und sagt, dass er gleich nachkommt. »Bleibst du bitte noch kurz hier, Leon«, ruft Maik, als Leon bereits in der Tür steht.

Die beiden warten, bis alle anderen aus dem hochmodernen Besprechungsraum mit dem Beamer und den Lederstühlen raus sind, und setzen sich dann nebeneinander in die erste Reihe.

Maik blickt Leon ernst in die Augen. »Es ist mir ein Anliegen, dir zu erklären, warum du gegen Arsenal nicht von

Beginn an gespielt hast. Ich hab gemerkt, dass dich das getroffen hat. Und das gefällt mir. Ein Spieler, der auf der Bank sitzt und damit zufrieden ist, kann kein guter Spieler sein.«

Leon sagt erst einmal nichts und hört einfach nur zu. »Du hast mir im Training gefallen, aber für einen Einsatz in der Startelf war es mir noch zu früh. Auch wenn ich eben bei der Videoanalyse ein paar Dinge zu kritisieren hatte – du hast das nach deiner Einwechslung gut gemacht.«

Leon kann nicht anders, als zufrieden zu lächeln. Er richtet seinen Blick schnell auf den Boden, denn er will nicht zufrieden wirken. Zufriedenheit bedeutet für einen Sportler immer Stillstand.

»Also, ich sage dir eins: Wenn du so weitermachst, hast du gute Chancen auf die Startelf. Sandro ist für mich derzeit gesetzt. Aber das muss nicht immer so bleiben.« Maik zeigt auf einen Kalender, der an der Wand hängt.

»Am Wochenende spielen wir in der Liga gegen Stuttgart, Ende des Monats bekommt ihr dann eure erste Bewertung der Saison. Die ist total wichtig, die muss ich auch den Klub-Bossen und den Trainern der höheren Mannschaften zeigen. Gib also richtig Gas! Setz dir hohe Ziele! Die Bundesliga ist noch weit weg. Aber du hast das Potenzial zum Profi. Greif nach den Sternen! Beweg dich mit den Händen ruhig im Himmel. Hauptsache, du bleibst mit den Beinen auf dem Boden. Beziehungsweise auf dem Rasen.«

Leon lächelt und spürt, wie ihn Maiks Lob motiviert. Gleichzeitig ist ihm klar, dass der Trainer auch sein eigenes Interesse verfolgt. Schließlich hat sich innerhalb der Mannschaft längst rumgesprochen, dass die Trainer ganz schön Druck von der Vereinsführung kriegen. Und dass es für sie eine Erfolgsquote gibt, welche die Coaches erfüllen müssen, wenn sie ihren Jahresbonus kassieren wollen: Pro

Saison sollen es mindestens zwei Jugendspieler zu den Profis schaffen.

»Alles klar, Trainer. Ich gebe Gas, versprochen«, sagt Leon. Maik lächelt zufrieden und haut Leon locker auf die Schulter. »Das wollte ich hören. Und jetzt ab zum Umziehen und raus zu den anderen Jungs, wir wollen gleich mit dem Training beginnen.«

In der Kabine ist Leon ganz allein, alle anderen machen sich längst warm. Als er Schienbeinschoner, Stutzen und Trainingspullover anhat und nur noch seine Schuhe fehlen, greift er wie immer unter die Sitzbank der Kabine – und ins Leere.

Hä? Leon beugt sich runter. Da, wo sonst immer seine Fußballschuhe stehen, ist nichts. Leon schaut unter den Plätzen neben ihm, vielleicht sind die Schuhe verrutscht – wieder nichts.

Er sucht die ganze Kabine ab. Nur um wirklich überall geschaut zu haben, geht er in die Duschen. Und kriegt da richtig die Krise: Jemand hat ein Waschbecken voll mit Wasser gefüllt und seine Schuhe da hineingetan. Leon holt sie raus, seine neuen Nike-Vapor triefen. Er zieht sie an und macht zum Test zwei Schritte durch die Kabine. Es kommt ihm vor, als hätte er Skistiefel an. Die Schuhe sind total schwer und fühlen sich eklig an. Aber Leon muss raus auf den Platz, er ist jetzt schon viel zu spät.

Als er auf den Rasen joggt, hat er nur einen Gedanken: *Welcher Idiot war das?*

Mit seiner Wut im Bauch trainiert Leon richtig stark. Er wirft sich in jeden Zweikampf, als ginge es gerade um den Champions-League-Henkelpott. Er könnte vor Energie platzen. Und er braucht heute richtig viel Energie, denn mit den völlig durchnässten Schuhen fühlt sich jeder Sprint superanstrengend an. Am Ende des Trainings lässt Maik die Jungs ein Abschlussspiel absolvieren. Leon und

Aras drehen richtig auf und gewinnen gegen Sandro und die anderen 4:1. Als Maik abpfeift, steht Leon zufällig ziemlich nahe bei Sandro. »Ey, Sandro, warst du das mit meinen Schuhen?«, fragt er.

Sandro schaut ihn an und spuckt ihm ohne Antwort vor die Füße auf den Rasen. Dann geht er in die Kabine.

8 ZEITEN ÄNDERN DICH

»Da bist du ja endlich!«

Es ist Heiligabend. Leons Mutter hat an diesem Mittag die Haustür aufgerissen und erdrückt ihren Sohn beinahe, so fest umarmt sie ihn. Und auch sein Vater freut sich total ihn zu sehen und klopft ihm zur Begrüßung strahlend auf die Schulter. Zum ersten Mal seit seinem Umzug ins Internat ist er auf Heimatbesuch. Jetzt an Weihnachten hat er endlich mal länger am Stück frei.

»Wie war deine Fahrt?«, fragt ihn seine Mutter.

»Wunderbar«, antwortet Leon.

»Ich hab dir Apfelkuchen gebacken!«, sagt sie voller Freude und zieht Leon aus dem Flur ins Wohnzimmer, wo ein großer Weihnachtsbaum mit echten Kerzen strahlt. Na toll. Leons Lieblings-Schmankerl. Und dann darf er es wegen seines Ernährungsplans gar nicht essen. Hat er Mama zwar gemailt, war ihr aber offenbar egal. Oder sie hat es vergessen.

»Ich darf den leider nicht essen«, sagt Leon.

Seine Mutter schaut ihn an, als hätte sie gerade einen Außerirdischen gesehen. »Warum denn nicht?« Leon erzählt ihr leicht genervt noch einmal von seinem Essensplan. »Oh. Das ist schade. Aber okay, Fußball geht jetzt vor, verstehe ich«, sagt sie. »Ich hoffe so für dich, dass sich deine Disziplin und dein Verzicht auszahlen werden.«

Leon lächelt und breitet die Arme aus und diesmal lässt seine Mutter sich bereitwillig hineinfallen. Mit seinen

1,81 ist er deutlich größer als sie, sie legt ihren Kopf auf die Schulter ihres Sohnes.

»Da bin ich mir ganz sicher, Mama«, sagte Leon. »Ganz sicher«, wiederholt er, als er über ihr Haar streicht. »Ich enttäusche euch nicht. Versprochen.«

Sein Vater lacht. »Ich dachte ja immer, dass mir mit einem Jungen der ganze Ernährungswahnsinn erspart bleibt. Aber so kann man sich täuschen.« Leon grinst und spürt, wie gut es ihm tut, zu Hause zu sein.

Beim Kaffeetrinken erzählt seine Mutter Leon in einem gefühlt endlosen Monolog viel Belangloses über die Nachbarn und neue Keksrezepte. Danach spielen sie Karten, gehen in die Kirche, essen nach der Bescherung Rinderfilet (bestes Festtagsessen!) und schließlich fällt Leon pappsatt in sein Bett. Auch die weiteren Feiertage verbringt er ganz gemütlich zu Hause.

Am ersten Werktag nach Weihnachten hat er noch frei, also zieht er aus der Garage neben der Haustür sein Fahrrad und radelt zum SV Oberaudorf. Er freut sich tierisch darauf, Marko und die anderen Jungs zu sehen. Leon hat sich extra nicht angekündigt, er will seine ehemaligen Teamkollegen überraschen. Bereits aus der Ferne sieht er den Rasenplatz am Ortsrand strahlen, alle vier Flutlichtmasten sind eingeschaltet und Leon hört Bälle gegen den Zaun hinter dem Tor knallen.

Das Training der U16 ist in vollem Gange. Leon setzt sich auf eine Bank neben dem Platz und beobachtet das Abschlussspiel. Obwohl er erst ein paar Monate weg ist, kommt ihm jeder Spielzug, jedes Dribbling, jeder Pass total lahm vor. *Ist es jetzt arrogant von mir, wenn ich finde, dass hier total das Tempo fehlt?*

Als Jogi das Training mit einem »Okay, Männer, Feierabend!« beendet, steht Leon auf und postiert sich mit den

Händen in seinen Jackentaschen auf dem kleinen Weg vom Platz zum Kabinentrakt. Marko kommt als Erster vom Rasen, er trägt ein Netz voller Bälle über seiner linken Schulter. Als er Leon sieht, werden seine Augen ganz groß. Leon grinst ihn an und fährt seine Hand zum Einschlagen aus und Marko schlägt ziemlich unmotiviert ein. »Was verschafft uns denn die Ehre?«, fragt er.

Leon ist irritiert. Der Spruch und dieser Sarkasmus in der Stimme passen überhaupt nicht zu Marko. »Wollte einfach mal wieder vorbeischauen und sehen, wie es euch geht.«

»Aha«, sagt Marko in einem jetzt sogar richtig eingeschnappten Ton.

»Bei dir alles fit?«, fragt Leon und versucht die seltsame Stimmung zu ignorieren.

»Na ja. Uns fehlt unser wichtigster Spieler und wir haben die meisten unserer Hinrunden-Spiele verloren.« *Krass.* Leon hatte sich fest vorgenommen auch nach seinem Wechsel an jedem Wochenende online die Ergebnisse seines Ex-Teams zu checken. Aber im Internat war so viel los, er ist einfach nicht dazu gekommen. »Unser bester Spieler ist zu Bayern gegangen«, fügt Marko noch hinzu. Als ob Leon nicht so gewusst hätte, wen er meint.

»Ich dachte, du gönnst mir den Wechsel«, entgegnet Leon und stellt hinter den Satz ein Fragezeichen. Was hat Marko denn jetzt?

»Tu ich auch. Aber ich hab mir das anders vorgestellt. Ich dachte, wir können deinen Abgang schon irgendwie auffangen. Aber nix da. Du warst das Herz unserer Mannschaft. Jetzt spielen wir ohne Herz. Und du jettest nach London und so und meldest dich gar nicht mehr.«

Leon findet das ungerecht. Er hat sich sehr wohl gemeldet. Marko war zuletzt der, von dem keine Antwort mehr kam. Die anderen Jungs kommen jetzt auch vom

Platz, und Leon hat erwartet, dass sie ihm zumindest Hallo sagen. Doch sie gucken ihn nicht mal an. Dabei haben sie ihn längst gesehen, das spürt Leon. Sie schauen durch ihn durch.

Marko richtet das Ballnetz auf seiner Schulter und zeigt per Kopfbewegung auf den Kabinentrakt, wo sie sich früher immer gemeinsam umgezogen haben. »Ich muss rein. Zeiten ändern dich – du lebst jetzt in einer anderen Welt, glaube ich. Die anderen sehen das auch so. Vielleicht solltest du nicht mehr herkommen.«

9 DOPPELPASS GEHT IMMER

So schön es war, endlich seine Eltern wiederzusehen – der Tag in Oberaudorf hat Leon richtig fertiggemacht. Er hatte ihn sich ganz anders vorgestellt. Nie hätte er erwartet, dass der Wechsel nach München so viel auf den Kopf stellen würde. Vor dem Umzug ins Bayern-Internat hat er sich gefragt, ob er sich dadurch verändern wird. Jetzt hat er den Eindruck, dass er sich gar nicht verändert hat – aber alle um ihn herum.

Am nächsten Morgen ist er richtig froh, dass er zurück ins Internat muss. Beim Training am Nachmittag lassen ihn seine Gedanken an Marko zunächst nicht los, aber nach ein paar Minuten ist er wieder im Tunnel. Wie immer auf dem Rasen: Da ist nur Fußball in seinem Kopf. 100 Prozent Konzentration, wie es Maik immer fordert.

Neulich hat Leon ein Interview mit einem Sportpsychologen gelesen. Der meinte, Fußball sei für manche Menschen wie eine Therapie. *Ist so*, denkt Leon jetzt im Training. *Ist wirklich so.* Das Training betankt ihn mit Leben. Das Ball-Hochhalten beim Warmmachen ist für ihn wie Meditation. Beim Fußball ist Leon ganz bei sich. An diesem Tag ist es der Rasen, der ihn in den Arm nimmt. Der ihn wärmt. Wie Mama gestern.

Die Tage vergehen wie im Flug. *Train, eat, sleep, repeat* – Leons Leben fühlt sich genau wie dieser Facebook-Spruch an. Und er findet es cool. Genau so wollte er es. In der neuen Schule kommt er ziemlich gut zurecht, allerdings sagt sich das ja immer leicht, solange es noch keine Klausuren und Zeugnisse gibt. Und dann kommt das erste Heimspiel nach der Winterpause, gegen den VfB Stuttgart.

Leon ist an diesem Samstag ziemlich aufgeregt. Seine Mutter kann wegen ihres Ladens wieder nicht zum Zuschauen kommen und sein Vater ist mit seinen Schülern auf Klassenreise. Die beiden beim Einlaufen auf der Tribüne zu sehen hätte ihm Sicherheit gegeben, doch jetzt muss es eben auch ohne sie gehen.

Als Leon im Besprechungsraum auf dem Flipchart seinen Namen stehen sieht, ballt er innerlich die Faust. *Yes, Mann!* Nach außen hin lässt er sich nichts anmerken und zieht sich ganz cool um.

»Jungs, Stuttgart hat hinten Schwächen. Die kommen mit Kontern nicht gut zurecht, weil ihre Abwehr fast immer zu weit aufrückt. Nutzt das aus! Wir spielen deswegen mit Sandro als hängende Spitze und Leon im Sturm. Doppelte Power also. Macht was draus«, sagt Maik und klatscht in die Hände. Die Spieler stimmen in den Applaus ein, um sich Mut zu machen.

Zu Beginn einer Liga-Rückrunde weiß man nie, wo man genau steht. Ein Sieg im ersten Spiel ist verdammt wichtig, allein für die Stimmung.

Die Partie beginnt gut für die Bayern. Sie spüren schon in den ersten Minuten, dass Stuttgart eine ziemlich abwartende Taktik gewählt hat und auf Konter lauert. Leons Mannschaft hat gefühlt 90 Prozent Ballbesitz und lässt den Ball wunderbar in den eigenen Reihen zirkulieren, sie schnürt den VfB in dessen Hälfte so richtig ein. Doch die Bayern kommen zu keinen Chancen, weil die Stuttgarter Hintermannschaft sich rund um den Sechzehner einigelt. Leon hasst solche Teams.

Das ist doch kein Fußball!

Er würde sich schämen so zu spielen. Schon in Oberaudorf haben sie immer Offensivfußball gespielt und für Leon ist nur das Fußball. Deswegen würde er als Profi auch nie in Italien spielen. *Catenaccio? Kein Bock drauf!*

Sandro probiert das Stuttgarter Bollwerk mit Distanzschüssen zu knacken, doch seine Versuche fliegen über das Tor oder landen in den Weichteilen des Stuttgarter Abwehrchefs, der sich in der ersten Halbzeit zweimal mit schmerzverzerrtem Gesicht zwischen die Beine greifen muss. Leon versucht immer wieder zu kreuzen, läuft sich links frei, läuft sich rechts frei, stößt in die weniger sich auftuenden Lücken der Stuttgarter Fünferkette. Doch von Sandro kommen keine Pässe, Aras ist auf der rechten Seite meist gedeckt und Dejan kriegt links außen bislang irgendwie keine guten Flanken hin. Dann pfeift der Schiedsrichter – Halbzeit.

»Beweg dich doch mal!«, brüllt Sandro Leon auf dem Weg in die Kabine an. Seine Augen funkeln angriffslustig.

»Was willst du denn jetzt? Ich laufe mich doch dauernd frei. Spiel doch mal den Ball in die Tiefe.«

Sandro winkt ab. »Ach, einen Scheiß machst du«, sagt er und reißt die Kabinentür auf.

Maik belässt es bei einer kurzen Ansprache. Mehr über die Außen kommen, Geduld haben, dann wird das schon, sagt er.

Stuttgart macht in der zweiten Halbzeit genauso weiter wie in der ersten und nach 60 Minuten kommt Leon eine Idee: Warum es nicht einfach wie Robert Lewandowski und Neymar machen? Die lassen sich gegen tief stehende Gegner oft ins Mittelfeld fallen, um die Abwehr etwas rauszulocken und sich Bälle zu holen. *Ich probiere es einfach*, denkt Leon und joggt Richtung Mittellinie. Sandro bietet sich dort an und wirft Leon einen irritierten Blick zu. Als

Aras kurz danach Leons Move durchschaut, schaltet er sofort und sprintet die Außenbahn lang. Ein VfB-Abwehrspieler ist Leon nämlich tatsächlich ins Mittelfeld gefolgt und so bieten sich vorne nun mehr Freiräume. Dejan passt zu Leon, der sich den Ball mit dem Außenrist an einem Gegenspieler vorbeilegt und im Dribbling kurz den Blick hochnimmt. Er passt Aras in den Lauf, denn aus den Trainings weiß Leon, dass Aras am liebsten steil auf links angespielt werden will. Aras kriegt den Ball gerade noch vor der Torauslinie und flankt Richtung Fünfmeterraum. Der Ball ist lange in der Luft, in der Mitte ist kein Bayer und die Stuttgarter Abwehr köpft raus. Allerdings zu kurz. Der abgewehrte Ball fliegt genau auf Leon zu. Er visiert ihn an, holt aus, zieht voll ab. Sein Schuss ist ein Strich und schlägt links unten im Eck ein. 1:0. Leon ballt strahlend die Faust. Seine Mitspieler laufen auf ihn zu, klopfen ihm auf die Schulter und wuscheln ihm durch die Haare. Sogar Sandro kommt dazu und klatscht mit Leon ab. Doch Leon hat das Gefühl, dass Sandros Freude nur gespielt ist. Es ist für einen Moment so, also könne er es aus Sandros Innerem brüllen hören: *Wieso hab ich das Tor nicht gemacht – sondern dieser verdammte Leon*?

Es sind noch fünf Minuten zu spielen. Das Ding ist durch. Stuttgart hat nach dem Gegentor nach vorn noch weniger zu bieten und die Abwehr ist nach dem langen Mauern müde. Leon nutzt seine Gabe, ein Spiel lesen zu können, und spielt im Mittelfeld Doppelpass mit Aras. Kurz vor dem Strafraum kommt er wieder an den Ball, lässt mit einem Übersteiger zwei Stuttgarter ins Leere grätschen und zieht Richtung Tor. Der Torhüter macht sich breit und kommt raus und Leon schiebt ihm den Ball eiskalt zwischen den Beinen durch. 2:0. Matchwinner: Leon Kaltenberg.

Am Abend spürt Leon, welch eine Kraft dieses Spiel gekostet hat. Auf seinem Bett streckt er die Beine aus, die sich ganz schwer anfühlen. Leon spürt jede Faser. Seine Augen fallen ihm beim Scrollen durch Instagram fast zu. Als er sieht, wie viele neue Likes und Follower er seit dem Stuttgart-Sieg hat, schießt das Endorphin durch seinen Körper und macht ihn kurz noch mal wach.

911 Mal wurde das Selfie von ihm und Aras nach dem Spiel geherzt, auf dem sie beide voller Freude lächeln. 190 neue Follower! Und 20 Kommentare! *Krass.* Leon überfliegt sie.

»Ihr beide wart am besten. Hab zugesehen heute, spiele C-Jugend in Unterhaching«, schreibt einer namens *pierrerinho*. Und ein Mädchen mit dem Usernamen *kissprincessbavaria* kommentiert mit »Süß!« und zwei Herz-Emojis.

Leon dreht sich in seinem Bett zufrieden zur Seite, kuschelt seinen Kopf ins Kissen und greift nach der kleinen Schnur an seiner Nachttischlampe. Er zieht daran, und bevor es in seinem Zimmer komplett dunkel wird und er in einen tiefen Schlaf fällt, schaut er wie jeden Abend das Neymar-Bild im Bilderrahmen neben seinem Bett an:

I learned all about life with a ball on my feet.

10 ICH MACH DICH ZUM WELTSTAR!

»Brudi, check mal das ab!« Aras springt mit großen Schritten und seinen neuen Over-Ear-Kopfhörern mit goldfarbenem Rand auf Leon zu. »Brutaler Track von Kontra K. Rasiert alles, Mann!« Aras strahlt und ist wie so oft total euphorisch. Leon ist nun wirklich kein Griesgram, aber Aras toppt in Sachen gute Laune alles.

Ohne Leons Reaktion abzuwarten, drückt Aras ihm die Ohrmuscheln auf den Kopf, ein harter Beat wummert in Leons Ohren und er hört Kontra K *Erfolg ist kein Glück* rappen. Leon nickt im Takt, doch er kann sich nicht so richtig auf den Song einlassen. Während er hier mit Aras auf dem Bett chillt, ist er mit den Gedanken schon unten bei der Besprechung. Gleich heute Morgen beim Aufstehen hat ihn seine App *Bayernlike* via Push-up-Nachricht auf den wichtigsten Punkt seines heutigen Tagesprogramms aufmerksam gemacht:

15 Uhr: Feedback-Gespräch mit der Internatsleitung

»Dicker, ich hör mir den Track nachher in Ruhe zu Ende an, okay? Ich muss runter. Treffen mit Wenzing und so.«

Aras schnappt seine Kopfhörer und springt auf. »Alles klar. Mach dir keinen Kopf, das wird gut.«

»Du hast gut reden. Du hast so was ja schon ein paarmal gehabt«, sagt Leon.

Aras lacht. »Und ich bin nicht rausgeflogen! Ein Wunder

eigentlich. Hashtag Musterschüler Aras.« Beide lachen. Aras macht sich vielleicht über sich lustig, aber Leon findet, dass sein bester Freund auf dem Internat wirklich ein Musterschüler ist. Er hat immer gute Noten, seine Bewertungen im sportlichen Bereich sind gut, er hat in dieser Saison bislang auf dem Rasen immer geglänzt und ist zu allen höflich, selbst zu Sandro.

Und ich?, denkt Leon. Auf dem Fußballfeld konnte er sich schon immer gut einschätzen. Als Kind hat er sich oft nach Spielen mit der E-Jugend Noten gegeben, als wäre er ein Sportreporter. Aber jetzt – ob ihn die wichtigen Leute im Verein auch gut bewerten?

Im schwarz-roten Trainingsanzug und seinen roten Nikes nimmt Leon die Stufen runter zum Besprechungsraum des Internats. Tür auf. Alle sind da. Sitzen an dem großen Konferenztisch. Der Internatsleiter Wenzing, Herbergsmutter Diana und Trainer Maik. Alle auf der rechten Seite des Tisches. Leon sagt »Hallo« und nimmt auf der linken Seite Platz. Es ist ein wunderschöner Morgen, die Februarsonne taucht den Raum in ein warmes Licht. Diana lächelt Leon an. »Hi, Leon«, wirft sie ihm zu. »Super, dass du da bist. Wie du weißt, wollen wir mit dir über deine Leistungen in den vergangenen Monaten sprechen.«

Leon nickt und lässt seinen Blick durch die Runde kreisen. *Keiner guckt grimmig, die scheinen gut drauf zu sein.* Hoffentlich ein gutes Zeichen.

»Für dich ist es das erste Feedback-Gespräch, deswegen wollen wir dich gar nicht auf die Folter spannen. Im Prinzip steht alles hier drin«, sagt Diana und hält einen Schnellhefter aus Plastik hoch. Die Hülle ist transparent, Leon entdeckt darunter ein bedrucktes DIN-A4-Blatt. »Schau mal drauf, danach haben wir nur ein paar Ergänzungen«, sagt Diana und schiebt ihm die Mappe rüber. Leon zieht das Papier heraus und beginnt zu lesen:

LEISTUNGSZERTIFIKAT

Leon Kaltenberg
Mannschaft: U16
Trainer: Maik Ortstein, Johannes Bauer
Eingesetzte Positionen: Stürmer, offensiver Mittelfeldspieler
Leistungsbeurteilung/Zielvereinbarung:
Technik: Sehr gutes Passspiel (sicher, genau, scharf). Gute Verarbeitung von verlagernden Diagonalbällen. Vertikale Zuspiele ins letzte Drittel noch verbesserungswürdig. Sehr gutes, ballsicheres Dribbling unter Druck des Gegners.
Zu verbessern: Timing finaler flacher Zuspiele.
Taktik: Gutes Auge für die Situation, offensiv und defensiv. Sehr gutes Spielverständnis. Ist schnell ein zentraler Fixpunkt der Mannschaft geworden.

Zu verbessern: Noch torgefährlicher werden (häufigere Läufe in die Tiefe). Umschaltspiel weiter verbessern (Antizipation der Zuspiele des Gegners).
Athletik: Sehr gute Physis, dadurch robust in der Zweikampfführung (in der Luft und am Boden). Gute Ermüdungswiderstandsfähigkeit.
Zu verbessern: Explosivkraft und funktionelle Beweglichkeit.
Persönlichkeit: Hohe Eigenmotivation. Effektive Selbstreflexion. Dominantes Auftreten im Spiel. Führungspersönlichkeit.
Sonstiges: Schüler der 9A am Corvey-Gymnasium.
Im Schnitt mindestens durchschnittliche Noten. Gute Rückmeldung seitens der Lehrer.

Leon blättert weiter, auf der zweiten und letzten Seite sind zwei Tabellen gedruckt:

Trainingseinheiten Gesamt	105	Prozent	Wettkampf Spiele teilg. /von	9/20
Teilgenommen	98	93,3 %	Spielzeit	490
Verletzt	2	1,9 %	Von max.	600
Krank	4	3,8 %	Eingewechselt	2
Rehabilitation	1	0,9 %	Ausgewechselt	2
Gesperrt	0	0	Tore	1
Landesauswahl	3	100 %	Vorlagen	8
Nationalteam	0	0	Gelb	-
+/- Altersklasse	0	0	Rot	0
			Notenschnitt	2,1

Datum	Größe (cm)	Gewicht (kg)	BMI
11. 8.	182	66,1	19,9
1. 11.	182	66,5	20,0
10. 2.	182	66,7	20,2

Okay, deswegen müssen wir uns immer mal wieder bei Jurek und seinen Physio-Kollegen wiegen lassen.

»Alles gelesen?«, fragt Diana und legt lächelnd ihren Kopf schief.

»Ja«, antwortet Leon. Und schiebt mit nach oben gerichteten Mundwinkeln gleich eine Frage hinterher: »Das ist alles ganz gut, oder?«

Die anderen im Raum lachen. »Natürlich, das ist *richtig* gut«, betont Wenzing. »Du darfst dir das bitte nicht zu sehr zu Herzen nehmen, denn wir wollen nicht, dass du uns abhebst. Aber ich sage dir ganz ehrlich: Wir haben es sehr lange nicht gehabt, dass sich ein Internatsschüler so schnell so toll einfügt.«

Leon strahlt. *Hammer!* Sein Gefühl hat ihn nicht getäuscht. Er hat vieles richtig gemacht in letzter Zeit.

»Ich habe nichts hinzuzufügen. Du machst dich echt gut«, sagt Maik.

»Danke«, sagt Leon.

Kurzes Schweigen am Tisch. Offenbar ist alles gesagt. »Hast du noch Fragen? Oder gibt es irgendwas, womit wir dir helfen können?«, fragt Wenzing.

Leon würde ihm gern erzählen, wie unfair sich Sandro ihm und Aras gegenüber verhält. Wie er seine Schuhe ins Eisbecken geworfen hat, wie er ihn in den Spielen viel zu selten anspielt, wie er hinter dem Rücken über ihn redet. Aber Leon will seine Dinge selbst regeln – wie auf dem Fußballplatz.

»Nein, alles gut«, sagt er.

»Hervorragend!«, findet Wenzing. Die Runde steht auf und geht Richtung Tür. »Dann mach einfach weiter so.«

★ ★ ★

Nach dem Nachmittagstraining sitzt Leon an seinem Schreibtisch und zieht sich Englisch-Vokabeln rein. Eigentlich spielt er um die Zeit mit Aras meist Fifa oder gönnt sich mit ihm einen Film auf Netflix, aber heute will Aras mit seinen Eltern telefonieren, das ist ihm total wichtig. »Family first«, sagt Aras immer grinsend, wenn er dann in seinem Zimmer verschwindet.

Leon ist total in seine Vokabelliste vertieft, als sein Handy vibriert und den Schreibtisch zum Brummen bringt. Anonymer Anruf.

Leon wischt über den Touchscreen. »Hallo?«, sagt er leise.

»Hallo! Spreche ich mit Leon?«, fragt eine dunkle Männerstimme.

Wer zum Teufel …?

»Äh … ja … Wer ist denn da?«

»Leon! Weltklasse, dass ich dich erreiche. Mein Name ist Robert Großbinder. Ich möchte dir zunächst ganz herzlich gratulieren zu deinen Leistungen in dieser Saison. Und ich möchte dir gern ein Angebot unterbreiten: Ich bin Spielerberater und würde dich liebend gern vertreten. Mir gehört *Performance11*, den Namen hast du vielleicht schon mal gehört, wir beraten als Agentur die besten Spieler Deutschlands.« Großbinder macht eine Pause.

Performance11 … Ist das nicht Sandros Agentur, die in dem Zeitungsbericht über dessen Wechsel nach München damals genannt wurde? Scheint ein ziemlich großer Fisch zu sein, dieser Großbinder. Aber braucht Leon denn einen Berater? Sandro und er in derselben Agentur – das kann nicht gut gehen. *Und außerdem habe ich mir immer gesagt, dass Mama die beste Beraterin ist.*

»Ah, okay. Also danke für Ihren Anruf. Aber ich habe bereits einen Berater.«

Stille in der Leitung. »Wen?«, bellt Großbinder.

Leon muss grinsen. »Meine Mutter.«

Wieder kurz Stille. Dann hört Leon den Anrufer leise lachen. »Ach so. Ja gut, das kann ja auch so bleiben, mein Bester. Deine Mutter kann bei Entscheidungen gern mitsprechen. Aber sie bringt dich in ein paar Jahren nicht zu Real Madrid, das sage ich dir. Und sie angelt dir keinen Werbevertrag mit Coke Zero. Und keine G-Klasse mit Moonwalk-Felgen. *Ich* kann das alles möglich machen. Ich erstelle dir einen Karriereplan. Und wir machen dich zum Nationalspieler. Wie klingt das?«

Leon überlegt, wie er aus der Nummer jetzt möglichst höflich rauskommt. »Gut klingt das. Aber wie gesagt: Ich möchte keinen Berater außer meiner Mutter, bei allem Respekt.«

Doch Großbinder lässt nicht locker. »Junge, wir starten mit dir eine große Social-Media-Kampagne, ich spreche mit meinen Leuten beim DFB, damit du ganz bald in der deutschen U16 spielst. Das ist noch mal was anderes als deine Bayern-Auswahl. Ich habe Kontakte, ich habe Einfluss, glaub mir. Und die ganzen Mädels werden dir zu Füßen liegen, gerade diese kleinen YouTuberinnen. Ich schwörs dir, ich kenne mich aus mit Frauen und Ruhm«, sagt Großbinder und lacht so richtig eklig-schmierig.

Aber das mit der deutschen U16 klingt natürlich gut. Leon kritzelt nervös irgendwelche Zahlen und Kreise auf die obere Ecke seiner Vokabelliste. Er überlegt, ob er Großbinder ein persönliches Treffen vorschlagen soll. Doch allein der Gedanke daran bereitet ihm ein ganz komisches Gefühl im Magen. So eines, das man nach zu viel Chili con Carne hat. Er hat diesen Typen zwar noch nie gesehen, aber wenn er allein am Telefon schon so ätzend klingt …

Leon hört auf sein Bauchgefühl.

»Vielen Dank für Ihr nettes Angebot. Ich bin nicht interessiert.« *In die deutsche U16 schaffe ich es auch ohne den!*

Kurz sagt Großbinder gar nichts. Dann hört Leon ihn seufzen. »Wie du meinst. Dein Leben, deine Entscheidung«, faucht der Berater ins Telefon und legt direkt auf.

11 HEUL DOCH!

Einige Wochen nach Großbinders Anruf lümmelt die ganze Mannschaft in den gemütlichen Sofas im Aufenthaltsraum des Internats. Die Jungs sehen sich auf Sky Manchester City gegen Manchester United an.

»Kevin De Bruyne rasiert mal wieder alles! Er ist tausendmal krasser als Pogba!«, ruft Aras begeistert, als De Bruyne per Freistoß aus 20 Metern in der Schlussphase das 3:1 schießt und damit für die Entscheidung in diesem Derby sorgt.

Nach dem Abpfiff geht es direkt mit einer Fußball-Talkshow weiter. Einige Jungs wollen schon aufstehen und auf ihre Zimmer gehen, doch als der Moderator die Sportreporter und ehemaligen Profispieler in der Gesprächsrunde fragt, welches Toptalent es mal in die Premier League schaffen kann, bleiben sie doch noch und hören gespannt hin.

Und dann passiert es. Einer der Reporter nennt Leons Namen. Und sagt voraus, dass er in wenigen Jahren Nationalspieler sein wird. Leon muss verlegen grinsen, als er das hört. Und Aras gröllt: »Ey, Liebling der Experten, oder was?«, und haut Leon lachend auf den Rücken.

Leon muss auch lachen. Damit hätte er nie gerechnet. Dass die ihn schon kennen! Leons Blick flackert zu Sandro, der wie an solchen Abenden mit Benny auf der anderen Seite der Sofaecke sitzt. Er schaut regungslos auf den Fernseher.

In der Talkrunde sitzt auch ein Sportjournalist der Sportzeitschrift *Sportwoche* und er schaltet sich in die Diskussion um die Talente ein: »Ich beschäftige mich für meine Artikel sehr intensiv mit dem Jugendfußball und weiß, dass Sandro Brenner vom FC Bayern ebenfalls enormes Potenzial hat. Der FC Chelsea hat bereits Interesse an ihm, das habe ich aus sicherer Quelle. In England nennen sie Brenner *German Wunderkind* und vergleichen ihn schon mit Timo Werner.« Aus dem Augenwinkel sieht Leon, wie Sandro selbstgefällig grinst.

Nach einer Weile tippt Leon Aras an. Das Zeichen, dass er loswill. Auf dem Weg zu ihren Zimmern holen sie sich in der Küche jeder noch eine Flasche stilles Wasser für die Nacht. Als sie ins Treppenhaus gehen wollen, laufen sie Sandro in die Arme. Er baut sich im Türrahmen auf und versperrt ihnen den Weg.

»Dürfen wir bitte mal kurz durch?«, fragt Aras in einem für ihn total ungewöhnlich scharfen und auffordernden Ton.

Sandros Augen funkeln ihn an, dann Leon. Er bleibt noch einen Moment in der Tür stehen, tritt dann zur Seite und grinst dreckig. Er spricht leise, damit es die Jungs aus dem Aufenthaltsraum nebenan nicht hören: »Ihr beiden Weicheier. Ich bin derjenige, der es hier schaffen wird. Nicht du, Aras. Und auch nicht du, Leon.«

Sandros Stimme trieft vor Verachtung.

★ ★ ★

55 neue Freundschaftsanfragen. Wow! Am Samstag haben sie den FC Augsburg 3:0 weggehauen und am Tag danach geht es in Leons Profilen richtig ab. Bei Instagram hat er 211 neue Follower und für sein Bild von sich und Aras nach dem Spiel 320 Likes bekommen. Leon hat gegen

Augsburg alle drei Tore geschossen und Aras hat jedes davon vorbereitet. Das erste mit einer perfekten Flanke von rechts, das zweite mit einem Flachpass in die Tiefe, das dritte mit einem Doppelpass – Leon musste nur noch einschieben.

Jetzt sitzen sie gerade an einem kleinen Tisch vor einem Café am Viktualienmarkt, mitten in der Münchner City, und sehen die Menschenmassen an sich vorbeiziehen. Leon hasst Kaffee und hat ein stilles Wasser vor sich stehen, Aras liebt Espresso und gönnt sich einen doppelten.

»George-Clooney-Style«, sagt er, nippt an seinem Getränk und schaut beim Trinken grinsend zu Leon, den kleinen Finger total übertrieben abgespreizt.

Leon prustet los, und Aras muss sich echt zusammenreißen, den Kaffee vor Lachen nicht in hohem Bogen auszuspucken.

Leon lehnt sich zurück und schließt für einen Moment die Augen. Es ist ein angenehm milder März bislang. So wie er es liebt. Der Wind weht seine Haare zur Seite, die Sonne wärmt ihn, eine umherfliegende Blüte kitzelt seine Nase und bald stehen die nächsten großen Spiele an. Jeden Tag Fußball. Und dann noch einen echten Freund im Internat gewonnen. *So fühlt sich Glück an*, denkt sich Leon. *Was ist da schon ein bisschen Stress mit einem Spacken wie Sandro?*

Auf dem Rückweg zum Internat merkt Leon im Linienbus, wie ihn zwei kleine Jungs anstarren. Sie sind wohl so um die zehn Jahre alt, tragen gelbe Trainingsanzüge mit der Aufschrift »SV Haidhausen« und kommen offensichtlich gerade vom Training. Die beiden sind total verschwitzt, ihre Köpfe sind ganz rot und ihre Haare feucht. Anscheinend haben sie Leon erkannt, haben ihn wahrscheinlich mal in der Zeitung oder dem Internet gesehen.

Aras fällt das auch auf. »Die feiern dich«, sagt er.

Leon zieht etwas ungläubig die Augenbrauen hoch. Vor ein paar Wochen war er noch derjenige, der zu Topspielern in den U-Mannschaften der großen Klubs aufgesehen hat. Jetzt ist er selbst einer.

Als sie aussteigen, checkt Leon im Gehen sein Smartphone. Nachricht von einer ihm unbekannten Nummer. Er überfliegt sie und sagt zu Aras: »Dicker, hier schreibt mir dieses braunhaarige Mädchen aus der 9B. Lena heißt die«, sagt er und dreht das Handy so zu Aras, dass der das Gesicht des Mädchens sieht.

»Die ist megahübsch«, sagt Aras. »Was schreibt sie denn?«

»Dass ich auf den Instagram-Fotos voll hot aussehe. Und sie hat das Flammen-Emoji geschickt.«

Aras grinst. Aber Leon hat den Eindruck, dass er das

irgendwie gar nicht so cool findet. Sein Freund guckt so komisch. »Alles klar?«

»'türlich. Ich muss jetzt nur schnell in mein Zimmer, Hausaufgaben und so. Wir sehen uns später.« Er hält ihm die Hand zu ihrer gewohnten Getto-Faust-Verabschiedung hin, Leon haut dagegen. Doch irgendwie wird er den Eindruck nicht los, dass Aras den Verlauf des heutigen Mittwochnachmittags nicht so toll fand.

Um 17 Uhr versammeln sich alle Spieler pünktlich im Besprechungsraum. Maik steht vor ihnen und wirft per Beamer Videosequenzen ihrer vergangenen Spiele an die Wand. Zu sehen sind zunächst ausschließlich Tore der Bayern: Aras trifft per Fernschuss, Adrian per Kopfball, Sandro schiebt ein, Leon schlenzt den Ball in die rechte Ecke, Kofi in die linke. Das Video ist ganz schnell geschnitten und hinterlegt mit dem Beat von Mark Forsters *Sowieso*.

Hat der Trainer ganz cool cutten lassen, findet Leon. Johannes, der Co-Trainer, ist auch für die Videoanalysen zuständig und Maik bittet ihn öfter um Zusammenschnitte. Nach rund 30 Sekunden endet das Video.

»Jungs, warum zeige ich das heute? Warum habe ich euch vor dem Training zusammengerufen? Ihr wisst es. Weil am Samstag ein verdammt wichtiges Spiel ansteht. Ich sage: ein verdammt geiles Spiel. Hoffenheim. TSG Hoffenheim! Jungs, wenn das nicht Motivation genug ist, weiß ich auch nicht. Wenn wir das Ding gewinnen, kann uns die Meisterschaft in unserer Staffel Süd keiner mehr nehmen.«

Plötzlich erscheint auf der Leinwand hinter Maik die obere Tabelle der U16-Bundesliga Süd:

Platz	Verein	Spiele	Siege	Unentschieden	Niederlagen	Tore	Punkte
1.	FC Bayern	21	20	1	0	58:9	61
2.	TSG Hoffenheim	21	16	3	0	44:15	51
3.	VfB Stuttgart	21	13	4	2	39:21	43

Alle starren auf die Rangliste, die sie ohnehin auswendig kennen.

Sieht jedes Mal wieder mega aus, denkt Leon.

»Jungs, die TSG ist vorn wirklich gefährlich. Ich habe sie am Wochenende gegen Freiburg gesehen, die haben die 7:1 weggehauen. Deswegen: Volle Konzentration nach Ballverlust. Sofort umschalten! Aras, dirigiere dir dann deine Leute im Mittelfeld. Ich will dich hören.« Aras nickt. »Der zweite Ball ist entscheidend.«

Maik drückt auf die kleine weiße Fernbedienung, die er zwischen seine Finger geklemmt hat, und auf der Wand sind nun Spielszenen als Standbilder zu sehen, auf denen die Laufwege der Spieler farbig markiert sind.

»Hier seht ihr, wie Hoffenheims Zehner das Spiel immer wieder auf die Außen verlagern will. Das ist aus der Partie gegen Freiburg. Sie wollen euch so rausziehen, das werden die am Samstag genauso machen. Deswegen an die Innenverteidigung und die Sechser: Drinnen bleiben! Unbedingt drinnen bleiben!« Maik schaut mit ganz intensivem Blick in die Runde. Er meint damit, dass sich seine Spieler vom Gegner nicht auf die Außenbahnen ziehen lassen sollen, dann würde in der Zentrale ein Loch entstehen. Und das ist immer gefährlich, so entstehen Gegentore.

Drinnen bleiben ist einer der 41 Begriffe, die jeder in der Mannschaft draufhaben muss. Selbst wenn man um 3 Uhr morgens geweckt und abgefragt wird. 41 Begriffe,

die quasi wie Codes funktionieren. Maik hat die Liste vor der Saison für jeden ausgedruckt und in *Bayernlike* kann sie auch jeder Spieler abrufen. Leon wirft abends vor dem Schlafengehen oft noch kurz einen Blick drauf.

In der Halbzeitbesprechung und vor Spielen ist meist wenig Zeit und deswegen muss jeder die Begriffe sofort verstehen können. Es geht um Spielzüge, Systemwechsel und taktisches Verhalten.

Nach Maiks Ansprache geht es raus auf den Platz. Sein Trainerteam hat Plastikstangen auf dem Rasen verteilt und mit neonfarbenen Hütchen ein kleines Spielfeld abgesteckt. Die Jungs sollen das Hinterlaufen und Verschieben in der Offensive üben.

»Wir spielen mit Körperkontakt. Nicht übertreiben, aber aggressiv sein. Das hier ist Wettkampf-Simulation.« Immer wenn Maik das sagt, meint er: Es soll so intensiv zur Sache gehen wie im Spiel!

Weil Dejan erkältet ist, spielen Aras und Leon ausnahmsweise nicht zusammen in einem Team. Leon ist kurz genervt wegen Maiks Einteilung, denn er ist auf Aras' Vorlagen angewiesen, egal ob im Spiel oder im Training. Aber er findet schnell seine Konzentration wieder. Die ersten Spielzüge seines Teams sehen richtig gut aus, Leon schießt schnell zwei Tore, Maik applaudiert. »Noch zwei Minuten«, ruft der Trainer.

Kofi schlägt einen Flugball diagonal über das Feld in Leons Lauf. Leon kratzt ihn von der Seitenauslinie und dribbelt Richtung Strafraum. Er legt sich den Ball im vollen Tempo etwas zu weit vor und sieht aus dem Augenwinkel Aras heranfliegen.

Keine Chance, Junge, ich bin schneller!

Gerade weil er Aras so mag, ist er in den Zweikämpfen mit ihm immer besonders ehrgeizig. Doch Leon hat Aras' Tempo unterschätzt und ist nur eine Fußspitze vor seinem Freund am Ball. Er spitzelt ihn an Aras vorbei und ist gedanklich schon beim Flanken auf den am Fünfer lauernden Adrian, als er einen heftigen Bodycheck abbekommt. Leon fliegt über die Seitenauslinie, überschlägt sich und landet auf seinem Arm. Sofort schießt der Schmerz durch seinen Körper.

»Alter, spinnst du, oder was?«, schnauzt er Aras an. Sein Freund hat überhaupt nicht abgebremst und ihn voll weggerammt. So was hat Aras noch nie gemacht.

»Heul doch!«, giftet Aras zurück.

Leon liegt am Boden und blickt ihn ungläubig an. *Was ist denn heute nur mit dem los?*

Maik pfeift ab und läuft zu den Jungs. Offenbar schauen sich Leon und Aras so finster an, dass er Angst hat, sie könnten aufeinander losgehen. Er stellt sich zwischen sie. »Okay, reicht für heute. Rein mit euch. Hast du dir was getan, Leon?«

»Ich weiß nicht. Zieht ganz gut hier an der Rippe«, antwortet Leon und hält sich den Brustkorb.

»Okay, ich hole Jurek, der bringt dich zu Doc Schwarz.« Dann blickt er zu Aras. »Mann, Aras, musste das sein? Gerade jetzt, vor Hoffenheim.« Aras blickt ins Leere und schweigt.

In der Kabine geht Leon sofort duschen. Als er unter dem heißen Wasserstrahl den Arm hebt, ist der Schmerz kaum auszuhalten. Nach zwei Minuten schlurft er gekrümmt zurück in die Kabine. Aras ist da bereits weg.

★ ★ ★

Doc Schwarz ist ein Orthopäde, den in München nahezu jeder kennt. Er behandelt seit 40 Jahren die besten Sportler aus ganz Europa und ist für die U16 des FC Bayern

zuständig. Jurek hat Leon in seinem schwarzen Sportwagen in die Praxis nahe dem Marienplatz in der Innenstadt gefahren. »Das müssen wir röntgen«, sagt Doc Schwarz, als er Leon untersucht.

Also ab in die Röhre. Kurz danach hängt der Doc das Röntgenbild an die Lichtwand und betrachtet es schweigend. Er steht da wie eingefroren, wie eine Wachsfigur bei Madame Tussauds in Berlin, da war Leon mal in den Ferien. Dann endlich rührt sich der Arzt und zeigt mit seinem Zeigefinger auf Leons Rippe. »Gebrochen«, sagt er. »Zum Glück nur eine einfache Fraktur. Rund drei Wochen Pause.« Leon hat schon von anderen gehört, dass Schwarz immer direkt zur Sache kommt und nichts beschönigt.

Leon sieht ihn flehend an. Seine Augenbrauen berühren sich beinahe. »Können wir irgendwas machen, damit ich am Samstag spielen kann?«

Der Doc schüttelt den Kopf. »Das wäre unverantwortlich. Du musst langfristig denken. Wenn du noch lange

Fußball spielen willst, musst du jetzt eine Pause machen. Glaub mir.«

Na toll. *Das wars dann mit dem Hoffenheim-Spiel,* denkt sich Leon. *Und alles nur wegen Aras.*

Zurück im Internat klopft Leon an Aras' Tür. Nach wenigen Sekunden macht Aras auf. Leon hat das Gefühl, dass sein Freund ihn schon erwartet hat. Auf dem Fernseher flackern Bilder von Dieter Bohlen, Aras sieht *Deutschland sucht den Superstar.* Irgendeine Blondine zerstört einen Adele-Song.

Kein Hallo, kein Nichts. So stehen sich Leon und Aras im Türrahmen gegenüber. »Kann ich dich kurz sprechen?«, fragt Leon schließlich.

Aras starrt auf den Boden und zeigt Richtung Zimmer, so nach dem Motto: *Wenn es sein muss, komm rein.*

Sie setzen sich auf Aras' Sofa. Bleiernes Schweigen zwischen ihnen. Leon kriegt Angst, diese brutale Stille könnte sie einfach verschlucken, wie so ein schwarzes Loch im Weltall. Noch nie haben sie sich gestritten.

Du Vollidiot! Du hast mir das Hoffenheim-Spiel weggenommen! Du bist gegen mich! Als würde Sandro mir nicht schon reichen!

All das würde Leon gern sagen. Doch er sagt nichts davon. Ihm kommt nur ein Satz über die Lippen: »Was war denn heute los?«

Aras hat seinen Blick jetzt auf Leon geheftet. Er überlegt kurz, dann antwortet er: »Ich weiß es nicht. Ich habe mich verschätzt. Ich dachte, ich komme noch an den Ball. Ich wollte das nicht.« Er senkt seinen Blick und knabbert an den Fingernägeln seiner linken Hand. Das macht Aras immer, wenn er angespannt ist, zum Beispiel vor Klausuren. Dann schaut er Leon wieder an und fügt hinzu: »Es tut mir leid.«

Sein Ernst? Als wäre das mit einem einfachen *Tut mir leid* erledigt. Leon ist richtig sauer. Er hat Aras vertraut, der Junge ist für ihn wirklich ein Bro, ein *brother from another mother*, er ist in den vergangenen Wochen Familie für ihn geworden. Und jetzt enttäuscht er ihn so.

Leon denkt zurück an die Busfahrt, an die kleinen Jungs, die ihn erkannt hatten, und die Gespräche mit Aras über Instagram.

Und dann fällt es ihm wie Schuppen von den Augen.

Natürlich!

Aras ist neidisch! Wieso ist mir das nur nicht früher aufgefallen? Neulich waren sie noch das Fußballer-Dreamteam Münchens und jetzt kriegt Leon mehr und mehr all den Hype und Fame ab. Und Aras kommt damit nicht klar.

Leon gießt seine Gedanken schließlich in eine Frage: »Gönnst du mir das alles nicht, oder was?«

Aras reagiert mit einem fassungslosen Blick. »Spinnst du? Natürlich gönne ich dir alles. Wir sind doch Freunde, Mann! Schon vergessen?«

»Aha. Und Freunde checken sich um?«

»Ich wollte dich nicht umhauen. Aber du hast im Training nach dem Foul mit dem Pöbeln angefangen, und ich war voller Adrenalin, weil Maik so Druck gemacht hat. Von wegen, das Training sei so wichtig, Hoffenheim und so. Sorry, Alter, wie oft soll ich es noch sagen?«

Leon hat keinen Bock mehr auf das Gelaber. Er steht auf und der Schmerz schießt sofort wieder in die Rippe. Er beißt sich auf die Lippe und geht raus, ohne ein Wort zu sagen.

»Leon ... Messi, Junge ... Jetzt warte doch mal«, ruft Aras ihm hinterher.

Doch Leon will jetzt nur noch allein sein. »Nix Messi!«, brüllt er im Gehen.

Er knallt Aras' Zimmertür hinter sich so heftig zu, dass

dessen Nachbar Kofi seine Tür aufmacht. Leon gibt ihm mit einem eisernen Blick zu verstehen, dass es nichts zu glotzen gibt.

In seinem Zimmer schmeißt Leon sich auf sein Bett. Er fühlt sich total scheiße. Vor seinen Augen sieht er nur fette Fragezeichen, die sich in seinen Kopf bohren. *Wofür gebe ich hier alles, wenn doch alle gegen mich sind? Ich habe meine Mannschaft in Oberaudorf gesprengt. Ich habe meine Freunde von früher, meine Freunde in meiner Heimat verloren. Und ich liege jetzt ganz allein in diesem verdammten Bett!* Es fühlt sich an, als wäre ein Tsunami durch Leons Leben gefegt. Alles nur noch Schrott.

Er schlägt mit der Faust auf das Kissen. Vor Wut ist sein Körper total verkrampft, jeder Muskel angespannt. Leon schnappt sich das Kissen und drückt es sich ins Gesicht.

»MAAAAAAANN! FUUUUCK!«, schreit er. Und doch bleibt es in seinem Zimmer ganz still. Die Daunen fressen seine Frustschreie. Leon spürt an seinen Wangen, wie das Kissen langsam nass wird. Es saugt sich mit seinen Tränen voll. Seine Augen brennen und er pfeffert das Kissen in die Ecke. Er kann kaum atmen.

Leon greift sich seine Kopfhörer vom Nachttisch. Er setzt sie auf und allein der Gedanke an gute Musik lässt ihn langsam, aber sicher wieder einigermaßen klarkommen.

Wie hieß dieser Song, den Aras ihm neulich zeigen wollte? Genau, von Kontra K, *Erfolg ist kein Glück.* Leon gibt *K-O-N-T* bei YouTube ein, und die Auto-Vervollständigung schlägt ihm direkt als erste Option das Lied vor, nach dem er sucht. Er schließt die Augen und hört dem Rapper zu.

Dranbleiben, anspannen und standhalten
Glück nicht verwechseln mit Können
Aber dein Können niemals anzweifeln
Nie genug, aber nie zu große Ziele
Mach die Luft in deiner Lunge zu Benzin für die Maschine
Den Neid von so vielen zu Öl für das Getriebe.

Ja, Mann, denkt sich Leon. *Ja, Mann. Ich sollte nicht an mir zweifeln.* Aber das rappt sich so leicht. Leon spürt, dass er mehr als Zweifel hat. Er fürchtet sich. Er fürchtet sich davor, dass es falsch war, alles auf die Karte Fußball zu setzen. Dass er es hier im Internat nicht packt, sein großes Ziel zu erreichen.

12 MESSI IN LOVE

Die Sonnenstrahlen drängen sich ins Bett und wecken Leon. Er hat das Gefühl, gerade mal eine Stunde geschlafen zu haben. Wenn überhaupt. Er fühlt sich wie betäubt. Lange lag er gestern noch grübelnd wach, irgendwann muss er schließlich eingeschlafen sein. Auf jeden Fall hat er die Vorhänge nicht mehr zugezogen, die Kopfhörer hängen ihm um den Hals, sogar seine Trainingshose hat er noch an. Er bekommt die Augen kaum auf.

Leon quält sich ins Bad. Erst mal duschen. Und tat-
sächlich: Als ihm das heiße Wasser übers Gesicht rinnt und er seinen Kopf in den Nacken legt, geht es ihm schon viel besser. Während er seinen Körper mit Armani-Code-Duschgel einschäumt, denkt er über gestern nach. So ein Scheißtag. Leons Magen zieht sich zusammen; er spürt, wie sein schlechtes Gewissen durchkommt.

Seine Mutter ist ihm oft mit ihrem Spruch auf die Nerven gegangen: »Schlaf eine Nacht drüber. Morgen sieht die Welt schon ganz anders aus.« Heute ist das wirklich so. Leon spürt, dass er Aras unrecht getan hat. Er hat für seine Angst, dass sein Traum vom Fußballprofi-Werden platzen könnte, seinen Freund als Ventil benutzt. Er hat die Größe seines Traums hier im Internat erst so richtig erkannt, und von dieser Größe lässt er sich manchmal erdrücken, so fühlt es sich an. Aber das ist nur eine Erklärung – keine Entschuldigung, findet Leon.

Nach dem Duschen stellt er sich mit seinem Handtuch

um die Hüften vor den Spiegel und schaut sich beim Zähneputzen in die Augen.

Schämst du dich gar nicht? Deinen besten Freund zu verdächtigen, er wolle dir was Schlechtes?

Leon kann seinen eigenen Anblick nicht mehr ertragen und zieht ab in sein Zimmer. Er wirft sich seinen Bayern-Trainingsanzug über, springt in seine ausgelatschten weißen Chucks, hetzt rüber zu Aras' Tür.

Als er zum Klopfen ausholt, zögert er kurz und hält einen Moment inne. Seine Kehle fühlt sich staubtrocken an. Dann überwindet er sich und schlägt mit den Fingerknochen zweimal gegen die Tür. Leon hört Schritte und ein paar Sekunden später zieht Aras die Tür auf. Er schaut Leon zuerst ziemlich böse an. Leons Gesichtsmuskeln sind total verkrampft, er bringt erst mal kein Wort raus. Dann fällt Aras' Blick auf Leons Mund. Er lacht. »Dicker, du hast

da noch Zahnpasta am Maul ...«

Leon reißt überrascht die Augen auf und fährt sich mit der Hand über seine Lippen und die Haut drum herum. »Oh ...«, sagt er und entfernt hektisch den weißen Klecks. »Aber schön, dass du noch über mich lachen kannst. Nach dem, was ich gestern abgezogen habe.«

Aras nickt. Und legt Leon seine Hand auf die rechte Schulter. »Ganz ehrlich: War nicht geil. Aber ich habe gestern Abend viel drüber nachgedacht – und kann dich auch irgendwie verstehen. Komm rein.«

Leon ist es unangenehm, dass Aras ihm offensichtlich schon verziehen hat. *Der Junge ist so ein guter Mensch. Und ich ziehe so was ab.* »Nein, das war nicht nur nicht geil. Das war richtig die Scheißaktion von mir. Es tut mir echt leid. Ich möchte mich von Herzen bei dir entschuldigen.«

»Ist schon gut. Bist doch mein Lieblings-Messi. Entschuldigung angenommen. Das muss sich gestern alles total komisch für dich angefühlt haben. Ich war im Training megaübermotiviert, es ist auch meine Schuld. Ich hatte ein paar Fehlpässe gespielt und mich über mich selbst geärgert. In unserem Zweikampf habe ich es dann rausgelassen. War voll dumm, Mann. Kommt nicht wieder vor, versprochen. Wir sind ein Team, okay? Und das bleibt auch so.« Aras streckt ihm die Faust hin und Leon haut erleichtert seine dagegen.

»Super, Bro. Danke.«

Aras zieht sein Smartphone vom Ladekabel und ruft WhatsApp auf. »Ich wollte gerade meinen Eltern schreiben, dass ich heute Abend zum Essen komme. Ich habe Diana schon gefragt – das geht klar, wenn ich um 22 Uhr wieder hier bin. Hast du Bock mitzukommen? Erlaubt sie bestimmt. Ich würde mich freuen, und meine Eltern und meine Schwester ganz sicher auch. Ich habe am Telefon schon so viel erzählt, die sind total gespannt, ob du wirklich so scheiße aussiehst, wie ich dich beschrieben habe.« Aras' Gesicht verzieht sich zu einem Grinsen. Typischer Aras-Gag!

Leon lacht. »Alles klar. Ich frag Diana nach dem Frühstück.«

★ ★ ★

Leon weiß gar nicht, was er zuerst probieren soll. Das sieht alles so lecker aus! Vor ihm stehen Teller voller herrlich duftender Teigtaschen, Kebap-Spieße, Fleischklöße und Salate. Ein unbekannter Geruch strömt ihm in die Nase. *Was ist das für ein Gewürz? Und was steht dahinten auf dem Tisch?*

Aras kann offenbar mal wieder Gedanken lesen und legt los. Er zeigt nacheinander auf die Gerichte, die seine Mutter Mariam im Wohnzimmer aufgetischt hat, und erklärt:

»Alles original afghanische Gerichte. Kein Fake, kein Fast Food. Das da ist Ashak, das sind gefüllte Teigtaschen. Aber Achtung: Es ist ordentlich Knobi drin. Und das sind Kabuli, Reis mit Lammfleisch, Möhren und Rosinen. Das gibt es in unserer Heimat vor allem an Festtagen wie Hochzeiten und so. Und meine Mama meinte, dass heute ein Festtag ist, weil sie dich endlich kennenlernt.« Aras strahlt und legt den Arm um Mariam, seine Mutter strahlt ihn genauso an.

So cool von Diana, dass sie Leon heute Vormittag gleich ihr Okay zu dem Besuch bei Aras' Familie gegeben hat. Schon als Aras und er vorhin an der Tür der Wohnung in dem blauen Mehrfamilienhaus im Südosten Münchens klingelten, hatte Mariam Hemidi ihn total herzlich empfangen und gleich umarmt. Sie ist eine kleine Frau mit schwarzen Augen und schwarzen Haaren und trägt eine grüne Bluse, viel Make-up und riesige Ohrringe. Leon war zuerst überrascht von der Umarmung, das machen andere Mütter von Freunden nicht, aber er fand es schön. Sie bat ihn dann direkt, an dem großen Tisch im Wohnzimmer Platz zu nehmen.

»Gleich essen wir, es wird dir hoffentlich schmecken. Wir warten nur noch auf meinen Mann und meine Tochter«, hat Mariam gesagt und ist in der Küche verschwunden.

Seitdem sitzt Leon hier, voller Vorfreude auf das Essen. Aras pendelt dauernd zwischen ihm und der Küche hin und her und bringt Besteck, Gläser und immer mehr Essen herein.

»Dicker, bist du heute mal Kellner statt Fußballer, oder was?«, sagt Leon und zwinkert seinem Freund zu.

Aras schmunzelt. »Bei uns ist es ganz normal, dass wir alle zusammen kochen. Die Kinder helfen mit und lernen von der Mutter, wie man die Gerichte zubereitet.«

Wie geil, denkt Leon. *Ich hab zu Hause gerade einmal gelernt, wie man die Reste vom Vortag in die Mikrowelle schiebt.*

»Ich dachte immer, dass das bei euch voll traditionell zugeht. Von wegen: In der Küche nur Mädchen und Frauen und so.«

Aras schüttelt lachend seinen Kopf. »Nein, Mann. Afghanistan ist anders, als viele denken.« Er flitzt wieder in die Küche, und Leon nutzt die Zeit, um sich in Ruhe im Wohnzimmer umzusehen. An den Wänden hängen viele Landschaftsbilder: Seen, Berge, Wüste. Und auch schön gerahmte Fotos von München, von der Isar.

In der Ecke neben dem großen Esstisch aus dunklem Holz steht ein braunes Sofa, das richtig gemütlich aussieht. Die Regale und Sideboards an den Wänden sind weiß und mit Gold verziert, es sieht allerdings nicht echt aus. Alles ist total ordentlich.

Aras kehrt aus der Küche zurück und hält ein Glas in seiner Hand, mit einer mysteriösen Flüssigkeit darin. Er stellt es Leon hin. »Das ist Dugh. So ähnlich wie Ayran. Check mal! Megalecker«, sagt Aras.

Leon nimmt einen Schluck. Es schmeckt richtig gut, nach Joghurt und Minze. Als er das Glas absetzt, hört er den Schlüssel in die Wohnungstür gleiten und kurz danach Schritte im Flur.

»Da seid ihr ja«, ruft Mariam und stürmt in den Flur. Sie kommt mit einem Mann an der Hand zurück an den Tisch. Er ist ziemlich klein, seine schwarzen Augenbrauen ganz dick, und er trägt ein dunkelblaues Hemd und ein graues Jackett darüber.

»Leon, darf ich vorstellen: mein Mann Wahid.«

Der Mann bewegt sich ganz sanft auf Leon zu. Aras ist ihm wie aus dem Gesicht geschnitten. Krasse Ähnlichkeit!

Leon erhebt sich und streckt ihm die Hand entgegen: »Freut mich. Vielen Dank für die Einladung.«

Aras' Vater nickt ihm zu. »Mich auch, Leon«, sagt er und setzt sich auf den Stuhl gegenüber.

Leon nimmt wieder Platz und blickt zur Wohnzimmertür. Aus dem Flur hört er, wie jemand seine Schuhe auf den Fußboden fallen lässt. Er sieht, wie sich ein Schatten bewegt. Und dann biegt Aras' Schwester um die Ecke.

Leon kommt sich vor wie so ein Idiot in einem dieser Sonntagnachmittagfilme auf ProSieben, der beim Anblick einer Frau mit offenem Mund dasteht. Er fühlt sich wie in Schockstarre. *Sie ist so hübsch! Unnormal, wirklich.*

»Hallo zusammen«, sagt sie und winkt in den Raum. Ihr goldenes Kettchen an ihrem rechten Handgelenk klimpert dabei.

Ein Schauder rieselt Leon über die Wirbelsäule, und er spürt, wie sich die Härchen auf seinem Unterarm aufstellen. So was hat er bei einem Mädchen noch nie gehabt. Die Nachricht von Lisa aus der 9B zum Beispiel ist ihm total egal – das hier ist ganz anders.

Aras schneit zur Begrüßung kurz ins Wohnzimmer, in den Händen eine Flasche Wasser und eine Paprika.

»Yo, Sister! Bin gerade bei den letzten Vorbereitungen. Alles klar?«

Die beiden umarmen sich zur Begrüßung. Aras beugt sich zu seiner Schwester runter und sie drückt sich auf den Zehenspitzen zu ihm hoch. Ihre dunkelgraue Jeans spannt sich über ihren Hintern und ihre schwarzen Haare glänzen im Licht der runden Deckenlampe. Sie küsst Aras auf die Wange und dreht sich lächelnd um. Als ihr Blick Leon fixiert und sie immer näher an den Tisch kommt, schlägt Leons Herz gefühlt mit jedem ihrer Schritte um 1000 Prozent schneller. Sie trägt einen schwarzen Givenchy-Hoodie mit dem Foto eines Rottweilers drauf und er steht ihr richtig gut.

»Hi! Ich bin Yusra«, sagt sie und reicht Leon die Hand. Er steht auf, und als sich ihre Finger berühren, ist Leon total geflasht, wie warm und weich ihre Haut ist.

»Ich bin Leon«, sagt er.

Er ist plötzlich zu angespannt, um zu lächeln. *Guck doch nicht so ernst, Mann.* Der Gedanke ist sofort da – aber Leon kann ihn nicht in eine Tat umsetzen. Yusra hingegen strahlt weiter und hält den Blickkontakt. Es fühlt sich für Leon an, als würde sie in ihn hineinsehen.

Dann setzt sie sich neben ihren Vater, schräg gegenüber von Leon. Sie streicht Wahid mit der Hand über die Schulter. »So, Papa, wie hast du eben im Auto gesagt: Heute Abend haben alle sicher richtig Hunger.«

Als sie erneut Leon ansieht, kriegt der es zumindest hin, seine Lippen zu einem dünnen Krampflächeln zu verziehen.

Jetzt kommen auch Aras und Mariam dazu. Sie stellen noch mehr Essen auf den Tisch und setzen sich. Aras begutachtet zufrieden die Tafel, klatscht in die Hände und sagt: »Nush-e jan!« Und wie ein Chor erwidert seine Familie: »Nush-e jan!«

»Ich vermute, das heißt ›Guten Appetit‹«, sagt Leon.

Yusra grinst und nickt ihm zu. An so einem Tag kann man schon ausnahmsweise mal auf den Ernährungsplan pfeifen.

Yusras und Aras' Vater erhebt sein Glas mit Wasser »Wir trinken keinen Alkohol und ihr Sportler ja sowieso nicht. Also stoßen wir mit Wasser an. Auf eure Freundschaft Aras und Leon«, sagt er.

Alle führen ihre Gläser zusammen. Und als es beim Zuprosten *BING!* macht, schaut Leon Yusra besonders lange in die Augen.

Es ist ein toller Abend, an dem sich Leon bei den Hemidis fühlt, als wären sie seine eigene Familie. Beim Essen wird total viel gelacht und irgendwann ziehen alle pappsatt vom Tisch rüber in die Sofaecke. Leon bietet Mariam an beim Abräumen zu helfen, doch Aras' Mutter winkt sofort ab: »Nichts da! Ihr Kinder setzt euch jetzt und entspannt euch.« Leon ist so vollgegessen, dass er nicht protestiert und sich neben Aras auf die Couch fallen lässt. Yusra schließt ihr iPhone mit einem Kabel an die Musikanlage ihrer Eltern an und drei Sekunden später sorgt Selena Gomez mit *It Ain't Me* für eine gechillte Atmosphäre.

»Meine Hübsche, wollen wir unserem Gast nicht meine Lieblingslieder vorspielen?«, fragt Aras' Vater in den Raum.

»Papa! Nein, Mann! Gerade *weil* wir einen Gast haben, möchten wir mal auswählen dürfen, okay?« Sie setzt den Dackelblick auf, bei dem ihr Vater wahrscheinlich noch nie ein Nein über die Lippen gebracht hat.

Und tatsächlich: Aras' Papa zuckt mit den Schultern und grinst Leon an. »Gut, dann Yusras Musik für dich.«

Jetzt setzt sich auch Yusra, wirft ihre Haare zurück und streicht sie hinter die Ohren, in deren Läppchen Strasssteine funkeln.

Von zu Hause kennt Leon es so gar nicht, dass Eltern und Kinder und deren Freunde so vertraut zusammensitzen und einfach die gemeinsame Zeit genießen. Da ist meist jeder für sich, wenn Besuch da ist – die Erwachsenen und die Kinder und Jugendlichen.

Leons Blick fällt auf ein gerahmtes Dokument an der Wohnzimmerwand, das ihm bislang entgangen ist. Mit der verschnörkelten Schrift und dem Siegel am unteren Rand sieht es sehr edel aus. »Was ist das dort an der Wand?«, fragt Leon und sieht Aras an.

Der zeigt auf seinen Vater und Wahid Hemidi antwortet: »Das ist mein Diplom als Informatiker. Ich bin sehr stolz darauf, weißt du, weil es in unserer Heimat mit dem Studieren und alldem nicht ganz einfach ist.«

Krass, irgendwie. Leon hat Aras nie gefragt, warum seine Familie überhaupt nach Deutschland gekommen ist. *Voll ignorant eigentlich*, denkt Leon. Er schämt sich jetzt gerade ziemlich.

Doch zum Nachdenken bleibt nicht viel Zeit. Aras' Papa hat bereits angefangen die Geschichte der Familie zu erzählen. Seine Augen sprühen vor Begeisterung, als er von seiner Jugend in der Hauptstadt Kabul berichtet. Seine Eltern wären längst nicht so streng wie die seiner Freunde, und sein Land und sein Volk seien wunderbar gewesen.

»Und wir Mädchen mussten kein Kopftuch und keine Burka tragen. Viele meiner Freundinnen und ich sind mit Jeans zur Schule. Damals gab es noch nicht die Extremisten in unserem Land«, fügt Mariam hinzu.

Als ihr Mann dies quasi als Stichwort nimmt und von den Bürgerkriegen spricht, die Afghanistan seit Jahrzehnten auszehren und zerstören, wirkt er plötzlich ganz traurig. »Meine Mariam war damals mit Aras schwanger und wir fassten einen Entschluss: Wir müssen weg! Wir beide hatten schon immer gesagt, dass wir *zwei* Kinder wollen. Und die sollten es besser haben als in Afghanistan. Sie sollten ein friedliches Leben führen können.«

Mariam war im fünften Monat schwanger, als die Hemidis über mehrere Länder nach Deutschland flüchteten. Mazedonische Polizisten haben sie mit Schlagstöcken und Hunden gejagt, erzählt Wahid, doch er war den Männern gedanklich immer einen Schritt voraus gewesen und hat für seine Familie neue Verstecke gefunden.

Er greift nach der Hand seiner Frau und drückt sie ganz fest. »Irgendwie haben wir es zu Fuß nach Serbien geschafft. Und von dort aus nach Ungarn. Und dann mit dem Zug nach München.«

Acht Wochen waren sie unterwegs gewesen. Irgendwann hielten das die Sohlen ihrer Schuhe nicht mehr aus – und lösten sich auf. »Als wir hier in Deutschland ankamen, waren unsere Fußnägel schwarz vor Dreck«, sagt Aras' Vater. Und schafft es, das betretene Schweigen in der Runde mit einem Witz zu brechen: »Hätten wir damals schon Smartphones gehabt, könnte ich euch ein Foto zeigen.«

Aras schmunzelt. »Wir sind stolz auf euch, das wisst ihr ja«, sagt er.

Sein Vater strahlt jetzt wieder. Leon fällt ein, dass Aras ihm im Internat mal erzählt hat, dass Wahid schon immer Fan des FC Bayern gewesen sei. Weil früher einer seiner Nachbarn in Kabul einen alten Zeitungsartikel von irgendwoher aufgetrieben und an seine Wand genagelt hatte, mit einem Foto von Gerd Müller und der Überschrift: *Der*

beste Stürmer der Welt.

Leon ergreift die Gelegenheit und fragt Wahid, warum ihn das so fasziniert habe. Aras' Vater zuckt mit den Schultern und lacht. »Na ja … Der Beste der Welt. Das klang einfach gut für mich. Und ein Klub, in dem der beste Stürmer der Welt spielt, den fand ich genau richtig für mich als Fan. Auch deswegen ist es toll, dass Aras ein richtiger Münchner geworden ist«, sagt er und lächelt. »Und eineinhalb Jahre später schenkte Gott uns dann Yusra.«

Wahid streicht seiner Tochter neben sich über die Haare, sie kuschelt sich an seine Schulter und schließt die Augen, als wolle sie diesen Moment, so gut es geht, genießen und abspeichern.

»Unser Leben in Afghanistan mag Vergangenheit sein. Doch unser Land bleibt immer ein Teil von uns«, sagt Wahid.

Mariam strahlt auch in diesem angefassten Moment Zufriedenheit und Dankbarkeit aus. Und Yusra hängt ihrem Papa an diesem Abend genauso gespannt wie Leon an den Lippen, obwohl sie die Familienstory sicher schon sehr oft gehört hat.

Mariam schenkt allen noch mal Cola Light und Wasser nach und tischt Mandelpudding als Dessert auf.

Das sei der beste der Welt, versichert Aras. »Der Gerd Müller unter den Puddings«, sagt er lachend.

Doch Leon ist pappsatt. Und außerdem total müde. »Vielen Dank für den schönen Abend«, sagt er. Die Familie lächelt ihn an.

»Wir müssen los, Leute. Um zehn müssen wir im Internat sein. Haut rein«, ruft Aras und lächelt sein typisches Aras-Lächeln.

Nach einer langen Verabschiedung voller Umarmungen, Küssen und Kopfstreichlern schlüpft Aras in seine dunkelrote Lederjacke mit Fellkragen und gibt Leon per Kopfnicken zu verstehen, dass sie jetzt Gas geben müssen, um die U-Bahn nicht zu verpassen. Leon bedankt sich für alles, umarmt die Mutter und gibt dann dem Vater die Hand. Als Yusra ihn erwartungsvoll ansieht, kommt es zum ultrapeinlichen Moment: Leon streckt erst die Hand aus, Yusra will sie greifen, doch dann findet Leon die Aktion irgendwie viel zu förmlich und zieht die Hand zurück. Yusra steht mit ausgestreckter Hand verwirrt da und Leon faselt was von »Sorry« und »bin müde« und läuft vor Scham rot an und umarmt sie dann ganz schnell.

Leon und Aras springen die Stufen im Treppenhaus runter und sein Freund rempelt ihm kameradschaftlich mit dem Ellenbogen in die Rippen.

»Du fährst voll auf meine Schwester ab, kann das sein?«

Leon schüttelt den Kopf und verdreht die Augen, als ob das nun wirklich das Absurdeste der Welt wäre. »Nerv mal bitte nicht mit so einem Quatsch«, sagt er. »Wann ist morgen eigentlich Training?«

»Zehn Uhr«, antwortet Aras. »Gute Ablenkung vom Thema, du Messi in love.«

Die Versöhnung mit Aras und der Abend bei der Familie Hemidi haben Leons Zweifel an seiner Entscheidung pro Fußball und der Freundschaft zwischen den beiden weggewischt. Er starrt beim Einschlafen ins Dunkel, Bilder von Aras und ihm im Training rauschen an seinem inneren Auge vorbei. Bilder von ihm als Kind, wie er im Wohnzimmer auf dem Teppich vor dem Fernseher sitzt und seinen Idolen des FC Bayern die Daumen drückt.

Ich kann nicht mehr zurück.

Ich will nicht mehr zurück.

Ich habe schon so viel investiert.

Ich will das hier, verdammt!

Leon muss an seinen alten Trainer Jogi denken, der nach Niederlagen oft gesagt hat: »Wo Flutlicht ist, da ist auch Schatten!«

Früher fand Leon den Satz oft albern. In diesem Moment nun hat er das Gefühl, dass er ihn erst jetzt richtig versteht. Und er spürt in sich die Überzeugung aufsteigen, dass er schon ganz bald wieder voll im Flutlicht stehen wird.

Dann dreht Leon sich auf die Seite und fällt in einen tiefen Schlaf.

13 KAMPF UM YUSRA

Samstagmittag. Leon sitzt auf der Tribüne des kleinen Jugend-Stadions der Bayern. Statt Trainingsanzug, Trikot drunter und Fußballschuhen trägt er seine tarnfarbene Jacke, ein Shirt und seine weißen Chucks. Seine U16 läuft sich gerade warm, das Bundesliga-Spiel gegen den 1. FC Nürnberg steht an, und für Leon ist es die letzte Partie, in der er verletzt draußen ist. Gegen Hoffenheim hat seine Mannschaft 0:1 verloren, gegen den FC Ingolstadt nur 1:1 gespielt. Als Tabellenführer haben die Bayern zwar immer noch einen ordentlichen Vorsprung, doch es sollte endlich mal wieder ein Sieg her.

Noch 20 Minuten bis zum Anpfiff. Leon lässt beim Beobachten seiner Jungs auf dem Rasen die Gedanken schweifen. Seit dem Abend bei Aras geht ihm Yusra nicht aus dem Kopf. Zum ersten Mal ist er richtig an einem Mädchen interessiert. Er fischt sein Smartphone aus der Innentasche seiner Jacke, ruft Google auf und gibt ein: *Yusrarella*. Sofort spuckt die Suchmaschine den Link zu Yusras Blog aus und Leon überfliegt ihren neuesten Post. Es geht irgendwie um eine neue Nagellack-Kollektion und die Farben des kommenden Sommers.

Am Ende des Textes stößt Leon auf den Link zu dem Instagram-Profil des Blogs, drückt drauf und wird eine Sekunde später von Yusra angestrahlt. Auf dem aktuellsten Bild ist sie beinahe so hübsch wie in echt. Sie hält einen Lippenstift in die Kamera und unter dem Foto steht:

OMG! Lila, das neue Rot! Wer ist noch so fett in love mit den freaky Lippenstift-Farben?
56 199 Personen gefällt das, 180 Kommentare.

Leon schmunzelt und beschließt, ihr eine Direktnachricht zu schreiben. Er beginnt zu tippen und grübelt dabei:

Hallo Sweetie.
Nee, ist klar. LÖSCHEN.

Hey Süße!
Merkst du selbst. LÖSCHEN.

Wie gehts, Sonnenschein?
Dein Ernst?! LÖSCHEN.

Was soll er nur schreiben? Einen Versuch gibt Leon sich noch:

Hey Yusra! Würde mir der neue Lippenstift auch stehen? Danke für den tollen Abend bei euch neulich. Viele Grüße. Leon

Geht doch. Endlich. Er lehnt sich zufrieden zurück.

Bis ihm plötzlich heiß vor Schreck wird.

Er wollte doch hinter dem Satz mit dem Lippenstift *»Scherz ☺«* schreiben! Peinlicher Fail! Leon schickt die Sätze schnell in einer zweiten Nachricht hinterher.

Anpfiff. Aras dreht gleich mal wieder richtig auf und schießt nach fünf Minuten aus spitzem Winkel von rechts das 1:0. Danach tröpfelt das Spiel so vor sich hin. Sandro spielt zentral, kommt aber irgendwie gar nicht klar. Wenn es gefährlich wird, dann immer wegen Aras und Dejan, den Außenspielern.

Halbzeit. Leon ruft auf der Tribüne sitzend Instagram auf. Eine neue Nachricht. Von Yusra! Ist es ein gutes Zeichen, dass sie so schnell antwortet? Er öffnet die Nachricht – und fängt an zu strahlen.

Hi Leon! Also für dich ist der Lippenstift glaube ich nichts :-) Aber ich hab neulich in einem Video für meinen Blog auch neue Männerparfüms getestet, check den Artikel dazu doch mal aus :-) Nächstes Wochenende komme ich übrigens zu eurem Spiel gegen Eintracht Frankfurt (ich habe es Aras versprochen, er hat seit Wochen voll darauf gedrängt, mein liebes Brüderlein). Dann sehen wir uns. Bis dann!

Cool, dass der Spielplan es so will und wir ausnahmsweise mal zwei Heimspiele in Folge haben, denkt Leon. Yusra wird mich in Topform erleben!

In der zweiten Halbzeit bekommt er nur so nebenbei mit, dass Dejan per Elfmeter zum 2:0-Endstand trifft und Sandro blass bleibt. In Gedanken ist Leon bereits komplett beim nächsten Samstag. Komplett bei Yusra.

★ ★ ★

Die erste Trainingswoche nach der Verletzungspause läuft gut. Leons Rippe hält vom ersten Training an und er spürt keine Schmerzen mehr. Jurek hat mal wieder ganze Arbeit geleistet. Nach dem Abschlusstraining am Freitag kommt Trainer Maik noch auf dem Rasen auf Leon zu und legt ihm den Arm um die Schulter. »Leon, Junge, du spielst morgen. Das überrascht dich nicht, oder?«

Leon lächelt. »Ich will jetzt nicht arrogant rüberkommen, Trainer. Sagen wir so: Ich hab es gehofft.«

Auch Maik lächelt. »Klar. Ich will dir einfach noch mal sagen, dass du total wichtig für unsere Mannschaft geworden bist. Und dass du Sandro morgen mit durchschleppen musst. Der Junge ist momentan völlig außer Form, das siehst du ja. Ich sage es dir im Vertrauen: Er kommt mit dem Druck nicht klar. Hilf der Mannschaft das zu kompensieren. Fordere die Bälle, mach dein Spiel. Du bestimmst unseren Rhythmus. Du bist unser Thiago, verstehst du?«

Wow, das ist ein krasses Lob. Thiago ist bei den Bayern-Profis der Taktgeber im Mittelfeld. Leon spielt offensiver, aber Maik sieht ihn echt als Herz der Mannschaft. »Jawohl, Coach!«, sagt Leon. »Ich geb alles.«

Am nächsten Tag entdeckt Leon schon beim Warmlaufen die Zuschauerin, auf die er sich besonders freut. Yusra hat sich für einen Platz in der Mitte der Tribüne entschieden. Eine blaue Sonnenbrille versteckt ihre Augen, der Wind lässt ihr weißes Kleid flattern und die Sonne bringt ihre mit bunten Steinen besetzten Armbänder zum Glänzen. Sie sieht aus wie ein Model, findet Leon. *Yusra gegen Lisa aus der 9B, die alle im Internat so übertrieben abfeiern: 5:0!*

»Na, Dicker, freust dich über die Fußballexpertin da draußen auf der Tribüne?«

Aras läuft seitlich an Leon vorbei und lässt seinen Kopf mehrfach von links nach rechts kreisen, um seinen Nacken zu entspannen und sich für Kopfbälle warm zu machen. Er grinst Leon dabei an.

»Klar«, sagt Leon.

Und wirklich: Yusras bloße Anwesenheit beflügelt ihn. Bayern dominiert von Anfang an das Spiel und nach zehn Minuten kommt Leon im Mittelfeld an den Ball und sieht eine freie Linie bis zum Strafraum. Er sprintet los und springt über die Grätschen der Gegenspieler, als wäre es gar nichts. Kurz vor dem Strafraum nimmt er den Kopf hoch, visiert die lange Ecke an und jagt den Ball wie eine

Kugel Richtung Tor. *BÄÄM!* Der Ball knallt gegen die Unterlatte und springt von da ins Tor. Leon dreht jubelnd ab, Richtung Eckfahne. Mit Aras hat er sich vor ein paar Wochen einen Tor-Tanz ausgedacht, den sie jetzt immer aufführen, wenn einer von ihnen trifft. Abgeschaut haben sie ihn sich bei Antoine Griezmann. Frankreichs Superstar-Stürmer imitiert bei seinem Jubel ganz oft den Rapper Drake, der in seinem Song *Hotline Bling* so tanzt. So machen sie es auch und Aras rappt an der Eckfahne dabei kurz den Refrain des Lieds.

Alle lachen. Und aus dieser Jungs-Jubeltraube heraus trifft Leons Blick auf Yusras. Sie hat immer noch ihre Sonnenbrille auf, klatscht und lacht über die Jungs. Oder lacht sie mit ihnen? Whatever – auf jeden Fall hat Leon noch nie so ein schönes Lachen gesehen.

Die Frankfurter sind Tabellen-Fünfter, ihr Mittelfeld ist ganz gut, doch sie sind mit dem Tempo der Bayern total überfordert. Aras nimmt die Abwehr mit Leon richtig auseinander. Das 2:0 schießt Aras nach einem Konter, Leon hat mit einer Flanke optimal vorbereitet. Und beim 3:0 läuft es andersrum: Aras schickt Leon mit einem Steilpass und der lupft über den Torhüter. Sandro muss kurz vor Schluss sogar das 4:0 schießen, Leon hat ihn mit einem Querpass freigespielt, doch Sandro ballert aus fünf Metern über das Tor. Und schlägt danach die Hände über dem Kopf zusammen und reißt ungläubig die Augen auf. Ein Raunen geht durch das Stadion. Auch wenn die Partie längst entschieden ist, stehen die Gedanken der Zuschauer wie im Comic in Sprechblasen über ihren Köpfen: *Bist du blind?*

Als der Schiedsrichter mit zwei kurzen und einem langen Pfiff die Partie beendet, klatscht Leon mit seinen erschöpften Gegenspielern ab und sieht sich sofort nach Yusra um. Sie ist inzwischen aufgestanden und steht am

Spielfeldrand, ihre schwarze Handtasche hat sie über die Metallstange an der Seitenlinie gehängt. Sie winkt Leon zu. Aras unterhält sich gerade noch mit dem Frankfurter Torwart, also joggt Leon allein zu Yusra.

»Hey. Super gespielt! Glückwunsch«, sagt sie und drückt Leon ein Küsschen auf die linke Wange, dann noch eins auf die rechte.

»Fandst du es nicht langweilig, so ganz ohne Schmink-Tutorials und Lippenstift-Tests?« Leon sieht sie verschmitzt an, und Yusra wirft ihren Oberkörper lachend zurück, während sie sich mit ihren Händen an die Seitenlinien-Stange klammert. Sie nimmt die Sonnenbrille ab.

»Nein, war richtig cool, ehrlich. Mein Bruder und du, ihr seid ein starkes Team.«

Für einen Moment stehen sie einfach da und schauen

sich an. Leon fühlt sich von ihren Bambi-Augen hypnotisiert und er ist vom Spiel ganz schön kaputt.

»Wollen wir morgen vielleicht einen Kaffee …«

Bevor Leon den Satz zu Ende sprechen kann, spürt er einen Ellenbogen in seiner Seite und sofort beginnt seine Rippe wieder zu schmerzen. Sandro! Der Penner ist von hinten gekommen und tut jetzt so, als hätte er Leon spaßhaft gestoßen. Dabei weiß er genau, dass Leon sich eben auf dieser Seite seine Rippe gebrochen hatte.

»Na, Leon, bist du am Flirten mit der Lady hier, oder was?«, fragt Sandro und setzt ein falsches Lachen auf.

Er streckt Yusra die Hand hin. »Ich bin Sandro. Und wer bist du?«

»Yusra, ich bin Aras' Schwester.«

Leon gefällt gar nicht, wie sie Sandro anschaut. Er hat sofort das Gefühl, dass ihr Sandro gefällt.

»Das Kleid steht dir. Sieht toll aus.« Sandro zwinkert Yusra zu, dann macht er einen Schritt zurück. »Hoffentlich sehen wir uns bald mal wieder. Würde mich sehr freuen.«

Yusra nickt und strahlt ihn an.

★ ★ ★

Leon denkt jetzt jeden Tag an Yusra, doch leider ist da etwas, das ihn immer wieder aus seinen Tagträumen reißt. Etwas ziemlich Nerviges – namens Schule.

Gibt es einen größeren Abtörner als Mathe in der siebten Stunde am Freitag? Ein Tag mit WLAN-Ausfall vielleicht, aber ansonsten fällt Leon nichts ein. Er ist heilfroh, als der Gong durch die Schule dröhnt und alle Schüler ihre Sachen einpacken. »Wochenende!«, ruft Aras in die Klasse.

Er, Leon und die anderen Jungs aus ihrer Mannschaft springen in die bereits wartenden Shuttles vor der Schule und lassen sich zurück ins Internat fahren.

Am Abend werfen sich Leon und Aras auf die Sofas im Aufenthaltsraum. Auf Sky läuft Bayern gegen Bremen, und Aras hat den ganzen Tag schon gerätselt, ob Alaba heute wohl wieder per Freistoß trifft. Der schießt die Dinger richtig krank und Aras feiert ihn total. Durch das Fenster sehen sie Diana, wie sie eine Gruppe Männer über das Trainingsgelände führt. Die Männer tragen Jacketts mit einer FC-Liverpool-Nadel am Revers. »Bestimmt wieder eine Besichtigung«, vermutet Aras.

Alle paar Wochen kommen die Bosse von anderen Topklubs und schauen sich das Internat an. Neulich haben Aras und Leon welche von Real Madrid gesehen, auch von AS Rom, und Amerikaner und Asiaten waren ebenfalls da. »Wir sind richtige Vorbilder«, sagt Aras und schwenkt mit den Augen von der Fensterscheibe zurück auf den Fernseher.

Und dann passiert es – 1:0. Freistoß Alaba. »Er hat es schon wieder getan«, brüllt Aras und klatscht.

Nach und nach kommen immer mehr Jungs der U16 in den Raum und schmeißen sich auf die Sofas. Bisschen Small Talk, ein paar Jokes, alles entspannt.

Als es in der 80. Minute 3:0 für Bayern steht und das Spiel safe durch ist, greift Aras zu seinem Smartphone und drückt gelangweilt darauf herum. Und haut Leon plötzlich gegen die Schulter. Sein Blick bleibt dabei auf dem Display kleben, mit offenem Mund zeigt er drauf und hält sich dann den Mund zu – so wie man es tut, wenn man vor dem leeren Tor steht und drüberballert, wie Sandro neulich.

»Was denn?«, fragt Leon mit ruhiger Stimme. Er ist gerade so schön entspannt.

»Schau dir das an, Alter. Das wirst du nicht glauben.«

Aras hält Leon das Phone hin. Leon nimmt es in die Hand – und traut seinen Augen nicht.

Aras hat die aktuelle Instagram-Story seiner Schwester geöffnet. In dem Video schlendert sie mit einem Jungen über die Maximilianstraße. Per Filter hat sie ihm und sich zwei alberne Panda-Masken aufgesetzt und *In My Feelings* von Drake als Musik dazugefügt. Über ihre Köpfe hat sie geschrieben: *Downtown with a #sweatheart <3.*

Auch mit dem Panda über seinem Gesicht erkennt Leon an der Statur und den Sneakern sofort, wer der Junge ist. Es ist Sandro.

14 EKLIGER CHEAT

Leon lässt seine ganze Wut an der Hantelbank aus. Im Kraftraum des Internats zieht er zwei 20-Kilogramm-Gewichtsscheiben vom Ständer an der Wand und schiebt sie auf die Langhantel. Das Blut schießt beim Bankdrücken in seine Brustmuskeln, Leon haut zehn Wiederholungen raus und lässt die Stange erschöpft in die Halterung knallen. Dann geht er an die Kniebeuge-Maschine.

Jedes Gerät in dem ultramodernen Kraftraum stellt sich automatisch auf den jeweiligen Spieler ein, sobald der seinen Zeigefinger auf das Touchpad an der Seite drückt. Gewicht, Höhe, Wiederholungszahl – alles wird gespeichert.

Selbst als Leon tief in die Hocke geht und seine Oberschenkel brennen und jeder Atemzug schwerfällt, will ihm diese eine Frage nicht aus dem Kopf gehen: *Was zum Teufel will Yusra mit dem Vollidioten?*

Leon ist froh, dass Krafttraining auf seinem Tagesplan steht. Jede Übung ist heute Frustbewältigung.

Am Nachmittag lässt er sich vom Internats-Shuttle zur Praxis von Doc Schwarz fahren, Nachuntersuchung seiner Rippe.

»Alles okay«, sagt der Doc nach dem Betrachten der neuen Röntgenbilder zufrieden. Erleichtert verlässt Leon nach gerade mal einer halben Stunde die Praxis.

Der Fahrer des Shuttles hat gewartet, doch Leon ist jetzt noch nicht nach Internat zumute. Er will in Ruhe nachdenken. »Sorry, dass Sie jetzt umsonst gewartet haben. Ich würde gern etwas spazieren gehen und später dann mit der Bahn und dem Bus zurück ins Internat fahren. Ist das in Ordnung?«

Der Fahrer nickt verständnisvoll.

Offenbar ist mir anzusehen, dass mich etwas beschäftigt, denkt Leon, als er dem davonfahrenden Van hinterherblickt.

Es ist ein herrlich sonniger Tag, die Luft schmeckt total frisch und die Münchner blühen richtig auf. Leon entscheidet sich für den Weg durch die Innenstadt Richtung Englischer Garten. Alle, die ihm entgegenkommen, strahlen gute Laune aus. Sein Blick hingegen ist nachdenklich, seine Hände vergräbt er in einem roten Hoodie. An diesem Abend bei Yusras Familie, da hat es doch geknistert zwischen ihnen. *Hat sie das etwa gar nicht gespürt?*

Habe ich mich so geirrt, als ich dachte, sie fände mich cool? Es ist wie immer – die coolen Girls stehen auf die ätzenden Bad Boys.

Leon geht weiter und erblickt von Weitem eine Menschentraube auf der Brücke und hört das Wasser aus der Ferne auf die Steine donnern. Das Rauschen der Isar übertönt den Großstadtverkehr mit all seinen Porsche Cayennes, Range Rovers Sport und 6er-BMWs. Hier, am Eingang zum Englischen Garten, stehen jeden Tag Einheimische und Touristen und beobachten die berühmten Eisbach-Surfer. Jungs und Männer, Mädchen und Frauen in Neopren-Anzügen, die rund um das Jahr auf der Welle des Baches auf ihren Brettern Tricks vorführen. Leon wollte hier schon immer mal vorbeischauen, er kennt das Spektakel nur vom Hörensagen. Doch bislang ließ der Fußball ihm keine Zeit. Gedankenverloren stellt er sich etwas abseits der Leute auf einen kleinen Trampelpfad neben der Brücke und schaut zu, wie der Eisbach glitzert und ein

Junge auf der Welle reitet. Er sieht majestätisch dabei aus. Der König des Wassers. *Das ist kein Sport – das ist Kunst*, denkt Leon.

Nach ein paar Minuten verliert der Junge sein Gleichgewicht und stürzt ins Wasser. Sein Brett hat er mit einem Gummiband fest an sein Bein gekettet, und als er auftaucht, klammert er sich dran, lässt sich lachend noch einige Meter von dem Strom ziehen und stemmt sich schließlich auf das Brett. Die Zuschauer applaudieren ihm. Leons Blick folgt dem Jungen, der sich jetzt an der Seite des Eisbaches aus dem Wasser zieht. Und dann entdeckt Leon sie.

Sie stehen an einen Baum gelehnt, Hand in Hand, und sehen ebenfalls dem Surfer zu. Sie wirken total vertraut. Es sind Sandro und Ciara. Das arrogante Mädchen aus seiner Klasse, das neben ihm sitzt. Leon geht hinter einem Baum in Deckung und späht vorsichtig daran vorbei auf die andere Uferseite. Er beobachtet, wie Sandro sein Smartphone rausholt und Fotos von den Surfern schießt. Ciara sagt irgendwas zu ihm, dann lachen beide. Und küssen sich.

Was für ein Arschloch! Ist ganz offensichtlich mit Ciara zusammen und betrügt sie, indem er Yusra datet. Was für ein ekliger Cheat von Sandro.

Leon würde am liebsten rübergehen und Ciara sagen, was für ein Betrüger ihr ach so toller Freund ist. Aber das ist wahrscheinlich keine gute Idee. Eine Szene vor all den Leuten hier … Und am besten macht dann noch irgendjemand ein Foto und morgen steht in den Münchner Zeitungen:

Bayern-Supertalente zoffen sich am Eisbach um hübsche Blondine!

Muss nicht sein.

Sandro nimmt Ciara jetzt in den Arm und nach ein paar

Küssen drehen sie sich um und spazieren in den Englischen Garten.

Leon schaut weiter den Surfern zu. Sie sehen da unten auf den Wellen so glücklich aus.

Von der Bushaltestelle marschiert Leon so schnell zum Internat, als würde jemand seine Zeit messen. Seine Schritte sind riesig. Er muss unbedingt mit Aras sprechen. Und geht gar nicht erst in sein Zimmer, sondern direkt zu dem seines Freundes. »Was ist mit dir? Du guckst so ernst«, sagt Aras direkt beim Öffnen der Tür.

Und dann berichtet Leon von dem, was er am Eisbach beobachtet hat.

»So ein widerlicher Penner!«, faucht Aras, als sie bei ihm auf dem Sofa sitzen. »Was erlaubt er sich? Ich würde ihm am liebsten richtig die Schelle ziehen. Dieser Asi. Wir müssen es Yusra sagen. Sie ist meine Schwester – und meine Schwester verarscht niemand!« Aras ist so wütend, wie Leon ihn noch nie gesehen hat.

»Ist sie zu Hause? Sollen wir zu ihr gehen?«

Bis zum Abendessen im Internat bleiben ihnen zwei Stunden.

»Ich frag sie und sag ihr, dass wir sie dringend sprechen müssen«, erwidert Aras und tippt auf seinem Smartphone rum. Zwei Minuten später kommt die Antwort. »Sie schreibt, dass wir vorbeikommen können. Komm, Dicker, los gehts.«

Mit der U-Bahn geht es für die beiden nach Altperlach und eine halbe Stunde später sitzen sie bei Yusra im Zimmer. Sie schreibt gerade an ihrem neuen Blog-Artikel.

»Ich teste neue Kopfhörer«, erklärt Yusra. Sie trägt eine blaue Jeans und ein pastellfarbenes Oberteil mit Rüschen. Sie ist so schön, dass Leon gleich wieder ganz verschüchtert ist.

»Sis, wir müssen dir was sagen. Du wirst verarscht. Und zwar von Sandro.«

Yusra fährt mit ihrem drehbaren Bürostuhl herum. Sie richtet sich kerzengerade auf, die unvermittelte Bewegung überrascht Aras und Leon. Sie starrt die beiden an.

»Was laberst du da? Was meinst du?«

Yusra wirkt jetzt wie ein anderer Mensch. Total angespannt, ihre ganze Lockerheit und Höflichkeit und Eleganz sind plötzlich weg.

Leon hört, wie Aras schluckt. Es fällt ihm sichtbar schwer, in seinem Kopf die brutale Wahrheit zu Sätzen zu formen, die er gleich seiner Schwester sagen will. Und dann sagt er es ganz schnell und direkt. »Sandro hat eine Freundin. Sie heißt Ciara und geht in unsere Klasse.«

Aras' Sätze wirken nach. Keiner sagt was. Yusra funkelt ihn an.

»Und woher bitte wollt ihr das so genau wissen?«, fragt Yusra schließlich.

»Leon hat ihn heute mit Ciara am Eisbach gesehen.«

Yusras finsterer Blick schwenkt rüber zu Leon. »Na und?«, fragt sie und verschränkt die Arme vor ihrer Brust. »Sie kennen sich halt.«

»Sie haben sich geküsst«, sagt Leon.

Yusra dreht sich unruhig auf ihrem Schreibtischstuhl von links nach rechts. Sie scheint zu überlegen. Dann beendet sie ihr Schweigen.

»Was ist das für 'ne Scheißaktion von euch, bitte? Nur weil ihr Sandro nicht mögt. Ist mir doch egal, was ihr für Probleme mit ihm habt bei euch in eurem bescheuerten Internat. Bei euch dreht sich immer alles nur um Fußball! Könnt ihr das nicht von eurem restlichen Leben trennen? Mann, das regt mich echt auf.«

Leon und Aras sitzen perplex da, Yusras Ärger trifft sie voll von vorn.

»Ich glaube euch kein Wort. Lasst mich jetzt in Ruhe.« Yusra springt aus ihrem Stuhl auf, öffnet ihre Zimmertür und zeigt mit dem Arm in den Flur. »RAUS!«

Leon und Aras merken, dass sie hier nicht weiterkommen. Sie ziehen ab. Auf dem Weg nach unten sagt Aras nur: »Frauen ...«

Aber Leon kann an diesem Abend nicht mal über die Sprüche seines besten Freundes lachen. Er kommt sich vor wie in einem Albtraum.

15 ELFMETER MIT FOLGEN

Der Weg von der Mittellinie zum Elfmeterpunkt saugt jeden Tropfen Mumm aus einem raus. Er macht die Beine unfassbar schwer. Er ist einfach richtig eklig. Und Leon muss diesen Weg jetzt gehen. Er kommt ihm unendlich lang vor. Den Ball trägt er in beiden Händen, seine Unterarme zittern. Er ist meganervös. Und gibt alles, damit das keiner merkt. Er konzentriert sich darauf, besonders gerade zu gehen und dem Blick des Torwarts keine Millisekunde auszuweichen. Beide starren sich an. Jetzt bloß keine Angst zeigen.

Der Rasen auf dem Hauptplatz der Ciutat Esportiva Joan Gamper, des Trainingsgeländes des FC Barcelona, ist extrem kurz geschnitten. Die Sonne brennt vom Himmel, es sind über 30 Grad an diesem Mai-Nachmittag, und Leon kneift beim Anlaufen die Augen zusammen, um nicht geblendet zu werden. Er hört, wie die Zuschauer ihn mit spanischem Gebrüll aus dem Konzept bringen wollen. »Hijo de puta!«, ruft irgendeiner von der Tribüne, was so viel wie Hundesohn oder Scheißkerl heißt. Das versteht selbst Leon, obwohl er in Spanisch eine Vier hat.

Noch fünf Meter bis zum Ball.

Schieß nach links unten!

Noch vier Meter bis zum Ball.

Nein, schieß nach links oben!

Noch drei Meter bis zum Ball.

Knall einfach mittig hoch unter die Latte!

Noch zwei Meter bis zum Ball.

Entscheide dich jetzt!

Noch ein Meter bis zum Ball.

Okay, rechts unten. Ich kann das!

Schuss.

Der Ball fliegt. Der Barca-Torwart fliegt. Er streckt seine Hand aus. Und kommt nicht ran. Leons Elfmeter landet perfekt platziert neben dem Pfosten. Tor!

1:0. Als Erster im Elfmeterschießen anzutreten ist nicht ohne, das wusste Leon vorher. Aber er wollte vorangehen. Seine Mannschaft in Führung bringen, ihr Kraft geben, seiner Rolle als Führungsspieler gerecht werden, wie es Maik immer fordert. Er wollte es beweisen. Maik. Seiner Mannschaft. Und vor allem sich selbst.

In der Vorrunde der Youth League sind seine Bayern mit viel Glück weitergekommen, im Achtelfinale haben

sie den FC Porto hochverdient 3:0 besiegt, im Viertelfinale 2:1 gegen Dynamo Kiew gewonnen – und jetzt spielen sie das Halbfinale auswärts bei Barca.

Sandro hatte gegen Porto schwach gespielt, weshalb ihn Maik gegen Kiew nur einwechselte. Innerhalb der Mannschaft hatte das natürlich zu Getuschel geführt. Aber alle waren sich einig: verdient. Leon und Aras spielen in der Offensive einfach viel besser als er.

Auch in Barcelona sitzt Sandro wieder nur draußen. Nach der regulären Spielzeit stand es 1:1. Barca war durch seinen schnellen Mittelstürmer bereits in der Anfangsphase nach einem Konter in Führung gegangen, Leon hatte Mitte der zweiten Halbzeit ausgeglichen. Mit einem Traumtreffer, Marke Tor des Monats. Aras hatte einen Eckball als im Abschlusstraining geübte Variante ausgeführt – lang und weit, genau auf Leon, der sich am Strafraumeck postiert hatte. Keiner der Barca-Spieler hatte ihn da auf dem Schirm, weil sich alle auf ihre Gegenspieler im Strafraum konzentrierten. Und Leon nahm das Ding volley und nagelte es in die lange Ecke.

In der Verlängerung hatten beide Mannschaften Angst, ausgekontert zu werden, und riskierten entsprechend nichts. Maik wechselte in der 108. Minute Sandro ein, doch der hatte keine nennenswerte Aktion. Also Elfmeterschießen.

Die Spieler beider Mannschaften haben sich am Mittelkreis postiert und demonstrieren Geschlossenheit, indem sie ihre Arme umeinandergelegt haben und ihre Schützen lautstark anfeuern.

Barcelonas erster Schütze ist ein schmaler Mitte feldspieler namens Javinez. Er läuft an – und trifft.

1:1.

Jetzt sind wieder die Bayern dran. Aras traut sich – und trifft.

2:1.

Barcas Kapitän Cerno, mit bislang acht Treffern erfolgreichster Torjäger der Youth League, verlädt Bayerns Torwart Bene –

2:2.

Dejan knallt voll drauf, voll in die Mitte.

3:2.

Wieder Barca. Wieder unten links. Diesmal der Abwehrboss der Spanier, Vicente.

3:3.

Leon steht mit Aras Arm in Arm im Mittelkreis und spürt, wie sich die Nackenmuskulatur seines Freundes zusammenzieht. Die Spannung steigt. Der Druck, der auf den letzten Schützen lastet, ist enorm. Jede Mannschaft hat nur noch zwei Schüsse.

Und jetzt kommt Sandro.

Ausgerechnet Sandro.

Maik hat ihn extra eingewechselt und als Schützen ausgewählt, seine Schusstechnik ist nämlich top und erinnert an die von Leon Goretzka.

Sandro geht ziemlich schnell zum Elfmeterpunkt. Spuckt auf den Rasen. Beugt sich zum Ball runter und legt ihn noch mal neu hin, obwohl der Schiedsrichter ihn bereits auf dem Punkt platziert hat. Er nimmt einen ziemlich kurzen Anlauf. Holt aus. Sein Fuß drückt den Ball Richtung Tor. Leon kommt alles vor wie in Zeitlupe. Der Ball fliegt und fliegt. *Könnte Latte reingehen*, denkt Leon noch. Doch der Ball kracht an den *oberen* Teil der Latte und prallt von da nach oben ins Tor-Aus. Barcas Torwart hat sich in die linke Ecke geworfen, wäre ohne Chance gewesen. Doch das ist dem jetzt egal, der dünne Keeper springt jubelnd auf und ab, obwohl er gar nichts dafürkann, dass der Ball nicht drinnen ist. Und trotz aller Rivalität ertappt sich Leon, wie er in diesem Moment Mitleid

für Sandro empfindet. Der trottet mit hängendem Kopf zurück zu seiner Mannschaft, sein Kumpel Benny klopft ihm auf die Schulter. Leon will das auch tun, doch Sandro schlägt seine Hand weg.

»Lass mich, Mann!«, zischt er – und Leon lässt von ihm ab.

Dann ist wieder Barca dran. Der Rechtsverteidiger Fago trifft souverän zum 4:3, rechts oben. Die Art von Elfmeter, bei dem jeder Torhüter der Welt chancenlos ist.

Adrian trifft danach für die Bayern, links unten.

4:4.

Doch wenn Barca jetzt den Nächsten verwandelt, sind die Spanier im Finale. Und die Bayern raus.

Der Barcelona-Stürmer Eco wartet lange, er guckt Bene aus. Seine Körperhaltung lässt alle denken, er würde nach links schießen. Bene spekuliert entsprechend auf diese Ecke – und landet neben dem falschen Pfosten. Eco hat ihn und alle anderen getäuscht, verdreht seinen Fuß kurz vor dem Schuss noch komplett und schiebt unten rechts ein. Voll verladen. Eiskalt, der Junge.

Endstand 5:4 für Barca.

Vorbei der Traum von der Final-Teilnahme in der Youth League.

Vorbei die großen internationalen Spiele in dieser Saison.

»Sein Ernst, Alter?«, fragt Aras Leon und schaut wütend in Sandros Richtung. »Was für ein Scheiß-Elfer.«

Vorbei. Aus. Raus.

Nix mit Triple. Höchstens Double. Pokal und Meisterschaft, mehr geht nicht mehr.

»Scheiße!«, hört Leon seinen Freund Aras brüllen.

Ja, Bro, das trifft es ziemlich gut, denkt er sich. *Scheiße!*

16 FIESE TRICKS

Läuft es mal richtig scheiße, flüchtet Aras sich immer in Spotify. Das ist Leon schon mehrmals aufgefallen und heute auch wieder. Aras sucht dann Old-School-Lieder raus, irgendwie ist das wie Therapie für ihn, hat er Leon mal erklärt, gerade nach Niederlagen. Oft verlieren sie ja nicht, sie sind schließlich der Mia-san-mia-Verein. Aber umso mehr schmerzen Leon und ihn deswegen die verlorenen Spiele.

An diesem Abend sitzen die beiden mit Kofi und Dejan auf der Dachterrasse des Internats und hören sich die Playlist an, die Aras gerade zusammengestellt hat. Die Jungs lümmeln auf den dunkelgrauen Day-Beds mit den weißen Kissen und aus ihrer mitgebrachten Beatbox erklingt *Sky's the limit* von Notorious B.I.G.

»Sind wir in den Neunzigern, oder was?«, fragt Kofi.

Aras, der Musikexperte der Clique, nickt.

»Hauptsache, der Beat bockt«, sagt er und lacht. Das Spiel hat ihm seine gute Laune nicht komplett rauben können, doch auch er ist heute längst nicht so fröhlich wie sonst. Wie auch, wenn man gestern die beste Jugend-Mannschaft der Welt am Rande einer Niederlage hatte – und dann wegen dem ätzendsten Spieler seiner Mannschaft doch noch aus der Youth League geflogen ist.

Die Beinmuskeln sind von den 120 Minuten plus Elferschießen in Barcelona noch voll verspannt. Krampfgefahr! Erst um Mitternacht sind sie vom Flughafen zurück ins

Internat gekommen und dann war gleich wieder Schule und Training angesagt. Das schlaucht. Die Dachterrassen-Gang ist müde.

Leon macht die Augen zu und denkt an Yusra. Seit dem Besuch mit Aras bei ihr und dem Streit in ihrem Zimmer hat er nichts mehr von ihr gehört. Und er traut sich nicht, ihr zu schreiben.

Aus dem Augenwinkel sieht er, wie Aras durch seine Facebook-Timeline scrollt. Auch Kofi und Dejan hängen an ihren Smartphones. *Was für Smombies*, denkt Leon und muss über seinen Gedanken leise lachen.

»Digga, Messi«, sagt Kofi plötzlich und seine Stimme klingt anders als sonst. Irgendwie besorgt. »Was ist das denn hier?«

Er streckt Leon sein Smartphone entgegen. Leon nimmt seine Sonnenbrille ab und starrt auf das Display.

Auf Kofis Phone ist die App von *Transfermarkt.de* geöffnet. Fast alle im Internat haben die auf ihren Handys und schauen da die Ergebnisse der internationalen Ligen nach und stöbern in der Transfer-Gerüchteküche. Leon hat die App auch, er checkt immer mal wieder die Marktwert-Entwicklung von Neymar. Er liebt das Ding. Jetzt gerade will er die App aber nur verfluchen.

Was soll der Mist?

Auf der Startseite steht fett die Überschrift:

KALTENBERG VOR ABSPRUNG ZUM ERZRIVALEN DORTMUND?

Wieder mal ein Gerücht ohne Quelle, war ja klar. *Was es in der Bundesliga gibt, das gibt es anscheinend leider auch bei uns.* Doch als Leon den Artikel aufruft, wird ihm ganz schlecht.

18:31 Uhr – Von Mario Seiler

Das wäre der Transfer-Hammer der Saison!

Leon Kaltenberg (15), Supertalent des FC Bayern, steht offenbar vor dem Absprung. Und zwar zu Borussia Dortmund, dem Erzrivalen der Münchner.

Im Internet ist ein Foto aufgetaucht, das Kaltenberg mit Hans-Werner Pöck zeigt. Pöck ist Jugendleiter beim BVB und einer der bekanntesten Talentförderer im deutschen Fußball. Auf dem Foto gibt Pöck dem Bayern-U16-Stürmer die Hand, beide grinsen sich an.

Das Foto ist brisant. Denn zuletzt hatte es im Verein sogar geheißen, Kaltenberg könnte es in die Jugend-Nationalmannschaft schaffen. Und eines Tages zu den Profis. Die Klubführung hält große Stücke auf ihn.

Oder muss es heißen – hielt?

Eines ist sicher: Den Bayern-Bossen wird das Foto überhaupt nicht gefallen.

»WTF?« Leon sitzt mit einem Schlag kerzengerade auf seinem Day-Bed. »Wie kommen die auf so einen Dreck?«

»Zeig mal her!«, ruft Aras ihm zu und Leon gibt ihm das Handy rüber. Aras prüft das Foto mit seinem Blick ein paar Sekunden.

»Der Pöck hat doch den Götze entdeckt! Er ist Legende, Junge! Wann hast du den denn getroffen?«

»Gar nicht, Mann!«, antwortet Leon.

»Und wo kommt dann das Foto her?«

»Keine Ahnung! Wirklich nicht!«

Leon steht jetzt, verschränkt die Hände hinter seinem Kopf und tigert seufzend auf und ab. »Ich schwöre euch, Jungs, ich habe nie mit Dortmund verhandelt. Und nie den Pöck getroffen. Ihr seid mein Team! Meine Familie! Ich will mit euch deutscher Meister werden, das Finale im Juni ist doch unser Traum. Denkt ihr, dass ich da in der wichtigsten Phase der Saison mit Dortmund über einen Wechsel spreche? Ey – ich bin Bayer, Mann! Was soll ich bitte in Westfalen? Und Biene-Maja-Trikots sind jetzt auch nicht so chillig.«

Kofi, Aras und Dejan beginnen zu grinsen. Und Leon ist selbst überrascht, dass er noch in der Lage ist, so einen Spruch rauszulassen, denn er hat ein total flaues Gefühl im Magen. Dieser Artikel kann ein Nachspiel haben, das ist ihm klar. Mit seinem Spruch überspielt er seine Angst. Seine riesige Angst.

»Ich glaube dir«, sagt Aras.

»'türlich! Ich auch!«, brüllt Kofi.

»Ja, Mann. Scheißinternet, die Hälfte da online stimmt sowieso nicht«, schimpft Dejan.

Leon ist total erleichtert, dass seine Jungs hinter ihm stehen.

»Das ist eindeutig eine Fotomontage«, sagt Aras, während er mit zusammengekniffenen Augen das Foto studiert, »aber ziemlich gut gemacht. Sieht man erst auf den zweiten Blick. Und auch nur, wenn man ein bisschen Ahnung hat. Schau mal hier.«

Aras hat mit der Hand das Foto herangezoomt und zeigt mit seinem kleinen Finger auf die Umrandung von Leon auf dem Bild. »Yusra macht ja viel mit Grafikdesign, für ihren Blog und für Insta und so. Und für meine Mama haben wir letztes Jahr zum Geburtstag eine Fotomontage gemacht, auf der sie Mariah Carey umarmt. Meine Mama steht total auf die Kitsch-Lovesongs von der frag mich nicht, wieso. Auf jeden Fall hat sie sich gefreut, und dafür haben wir ein Foto von Mariah über Google-Bilder runtergeladen und mit Photoshop bearbeitet. Für mich sieht das so aus, als hätte das jemand in deinem Fall auch so gemacht. Schau, wenn man ganz genau hinsieht, erkennt man, dass deine Silhouette ausgeschnitten wurde. Der Schatten hier stimmt nicht ganz.« Er zeigt mit dem Finger auf den oberen Teil des Displays.

Leon sieht es jetzt auch. Eine ganz feine weiße Linie, ohne Zoom überhaupt nicht erkennbar. Bislang kannte er immer nur diese schlechten Facebook-Fotomontagen von Cristiano Ronaldo, auf denen irgendwelche Barca-Fans dem Superstar die roten Haare von Pippi Langstrumpf aufgesetzt haben. Oder die von Mario Balotellis legendärem Bodybuilder-Jubel nach seinem Hammer-Tor im EM-Halbfinale gegen Deutschland, auf denen jemand das Gesicht Jogi Löws auf Balotellis muskulösen Körper montiert hat. Kein Vergleich mit dem Fake hier. Der ist richtig professionell.

»Aber wer sollte so was machen?«

Leon hat die Frage kaum ausgesprochen, da hallt die Antwort in seinem Kopf: *Sandro! Natürlich!*

 Hundertpro steckt er dahinter!

17 DIE INTERNATS-INTRIGE

Als Leon und die Jungs von der Dachterrasse kommen und sich auf ihre Zimmer verteilen, sieht Leon bereits vom anderen Ende des Flurs, dass Herr Wenzing gerade vor seiner Tür steht und klopft. Sein Gefühl sagt ihm, dass Wenzing nicht einfach zum Hallo-Sagen gekommen ist. Leon beschleunigt seine Schritte.

»Hallo, Herr Wenzing«, ruft er aus einigen Metern Entfernung. Wenzing dreht sich zu ihm um – und der ernste Blick des Internatsleiters lässt ihn nichts Gutes ahnen.

»Leon, da bist du ja. Komm doch bitte mal mit in mein Büro.«

Auf dem ganzen Weg nach unten sagt der sonst so redselige Wenzing kein Wort. Im Büro des Internatsleiters nimmt Leon auf dem Ledersessel Platz, auf dem er damals bei der Vertragsunterschrift saß.

Wenzing dreht seinen Monitor um, sodass Leon ihn sehen kann. Er hat *transfermarkt.de* aufgerufen, das Foto füllt den gesamten Bildschirm aus. *Krass, so groß wirkt es ja noch echter!*, denkt Leon.

»Kannst du mir das erklären?«, fragt Wenzing und presst seine Lippen zu einer schmalen Linie zusammen.

»Herr Wenzing, bitte glauben Sie mir. Dieses Foto ist nicht echt! Ich habe den Pöck nicht getroffen, ich will nicht zu Borussia Dortmund. Verstehen Sie doch …«

»Ich verstehe erst mal nur, dass dieses Foto für mich absolut echt aussieht. Ich habe mit dem Kollegen Pöck auch schon gesprochen, wir kennen uns. Er sagt, er habe dich nicht getroffen. Aber ich glaube ihm kein Wort. Ich kenne dieses Geschäft seit über dreißig Jahren, Leon. Im Fußball ist sich jeder selbst der Nächste. Dortmund will dich, das hat sich in der Branche rumgesprochen, vor Wochen schon. Aber dass diese Leute so dreist sind, in der wichtigsten Phase der Saison auf dich zuzugehen ...« Wenzing schüttelt den Kopf. »Aber gut, so ist das heutzutage. Wir haben dir vertraut. Wir haben dich aus einem Dorfklub weggeholt. Wir haben mit dir Großes vor. Und dann Dortmund ... Ausgerechnet Dortmund!« Er reibt sich mit den Händen durchs Gesicht und seufzt.

Wenzings Adamsapfel springt vor Ärger unter dem Kragen seines hellblauen Hemdes auf und ab, sein Gesicht ist viel röter als sonst. *Scheiße, der nimmt das alles richtig persönlich.*

Leon hatte von den Jungs im Internat erzählt bekommen, dass Wenzing früher ein echt guter Stürmer war. Trotz vieler Angebote hat er immer nur für den FC Bayern gespielt und wäre beinahe mal Torschützenkönig der Bundesliga geworden. Das war in den 80ern oder so. Seine Karriere musste er dann schon mit 28 Jahren beenden, in seiner besten Phase, weil ihn irgendein Verteidiger von Dortmund umgegrätscht hatte und er sich das Kreuzband riss.

»Leon, du weißt: Ich bin Bayer durch und durch. Ich lebe den FC Bayern. Das ist für mich hier mehr als nur ein Job. Das ist meine Leidenschaft, das ist mein Leben.« Wenzing hält kurz inne und atmet tief ein.

»Also, Leon, ich mag dich sehr und halte große Stücke auf dich. Aber das können wir dir nicht durchgehen lassen. Beim besten Willen. Ich werde mit Maik sprechen. Er ist dein Trainer, er entscheidet über die Aufstellung. Aber ich werde ihm empfehlen, dich bis zum Ende der Saison nicht mehr spielen zu lassen. Ein Spieler, der gedanklich schon beim nächsten Klub ist, der hilft uns nicht weiter.«

Was? Sein Ernst? Das kann Wenzing nicht bringen.

»Das ist nicht fair!« Leon spricht jetzt so laut, wie er noch nie mit Wenzing gesprochen hat. »Wieso glauben Sie mir nicht? Wieso hören Sie sich nicht einmal meine Erklärung an?«

»Weil Bilder manchmal mehr sagen als tausend Worte, Leon«, entgegnet Wenzing, greift zur Maus auf seinem Schreibtisch aus massiver Eiche, dreht den Monitor wieder zu sich und schaut nur noch darauf. »Und jetzt muss ich hier weitermachen. Danke für dein Kommen, Leon.«

★ ★ ★

Die Stimmung in der Kabine vor dem Training am nächsten Morgen ist angespannt. Leon kann an den verstohlenen Blicken der anderen sofort erkennen, dass sie das Foto gesehen haben. Aber keiner sagt was. Aras, Dejan und Kofi geben ihr Bestes und versuchen Leon beim Umziehen in ihre Diskussion einzubeziehen, bei der es sich um die Frage dreht, ob Robert Lewandowski besser als Romelu Lukaku ist. Leon hat nicht wirklich Bock mitzudiskutieren. Lewandowski ist besser, weiß doch jeder.

Maik hat den Rasen mit Stangen und Hütchen vollgestellt. Er erklärt, dass jetzt eine Übung zur Spielverlagerung auf die Seite und zum Pressing kommt. Die eine Mannschaft soll von links Diagonalbälle auf die rechte Außenbahn schlagen, die andere die Räume zustellen und die Gegenspieler so weit wie möglich aus der Gefahrenzone, also dem Bereich um den Strafraum, drängen.

Leon versteht die Übungen sofort und schlägt in seinen Augen sehr präzise Flugbälle. Doch Maik hat bei jeder seiner Aktionen was zu meckern. Mal ist ihm der Ball nicht scharf genug geschossen, mal lässt er die ganze Mannschaft wissen, dass Leon im Spiel ohne Ball noch stärker nach innen hätte rücken müssen.

Nach dem Training sammelt Maik mit seinem Co-Trainer Johannes die Hütchen ein und ruft Leon zu sich. Er steht an der Eckfahne, Leon joggt zu ihm und Maik kommt direkt zum Punkt. »Leon, du ahnst wahrscheinlich, warum ich mit dir sprechen will. Ich habe mich gestern mit Herrn Wenzing über das Foto von dir unterhalten. Wir sind einer Meinung: Das können wir so nicht hinnehmen. Ich werde dich bis zum Ende der Saison nicht mehr aufstellen. Du kannst weiterhin mit uns trainieren und gehörst auch nach wie vor zum Kader, damit hier nicht noch mehr Unruhe von außen reingetragen wird. Aber spielen lassen kann ich dich nicht mehr. Tut mir leid für dich, du bist ein guter Junge. Aber du zwingst mich mit deiner Aktion dazu.«

»Mit welcher Aktion denn bitte?« Leons Stimme bricht vor lauter Wut und Enttäuschung, er krächzt mehr, als dass er spricht. »Ich habe nichts gemacht! Das Foto ist nicht echt. Ich schwöre!«

Maiks Kiefermuskeln arbeiten auf Hochtouren. Er denkt nach. »Weißt du, Leon, ich würde dir gern glauben. Aber es ist nicht nur das Foto. Jemand aus der Mannschaft hat dich gesehen. Mit Pöck. Ich habe einen anonymen Tipp bekommen.«

Leon starrt seinem Trainer mit aufgerissenen Augen ins Gesicht. »Wer behauptet so einen Scheiß?«

Maik zuckt die Schultern. »Wie gesagt, anonym. Ich glaube einfach, du hast einen großen Fehler gemacht. Und du machst es nicht besser, wenn du ihn nicht eingestehst. Du weißt jetzt Bescheid. Ich erwarte von dir, dass du trotz allem im Training weiter Vollgas gibst.«

Am Abend sitzen Leon, Aras, Kofi aka Justin Bieber und Dejan bei Leon im Zimmer und sehen sich ein Bundesliga-Spiel auf *Sky* an, Borussia Mönchengladbach gegen Bayer Leverkusen. Nach 30 Minuten steht es immer noch 0:0, es gibt kaum Torchancen und der Kommentator stellt fest: »Das ist Murmeltier-Fußball.« Die Jungs lachen.

»Leon, was hat Maik dir vorhin auf dem Rasen eigentlich gesagt? Ich habe euch reden sehen. Wirkte irgendwie unentspannt«, fragt Aras.

Leon brauchte am Nachmittag erst mal Zeit für sich, um Maiks Entscheidung zu verdauen.

»Jungs, ich wollte euch das sowieso spätestens morgen sagen: Maik lässt mich bis Ende der Saison nicht mehr spielen.«

»WAS?«, brüllt Aras. »Hat der vergessen, dass wir in einer Woche im Pokal-Viertelfinale gegen Leipzig spielen? Und im Halbfinale der deutschen Meisterschaft eine Woche später gegen Hertha? Das alles ohne dich? Da haben wir keine Chance. Warum macht der das?«

»Warum wohl? Wegen des Scheißfotos, Mann!«, brüllt Leon und wirft dabei wütend sein Handy ins Sofakissen.

Aras ist vom Sofa aufgestanden und verdeckt jetzt den Fernseher. Er steht vor seinen Freunden wie ein Lehrer vor seiner Klasse.

»Weg da, ich seh nichts«, sagt Dejan und macht eine Handbewegung, als könnte er Aras wegwischen wie ein Scheibenwischer den Dreck auf der Autoscheibe.

»Ist eh gleich Halbzeit, mach keinen Stress, Junge«, sagt Aras. »Wir müssen was machen! Das kann so nicht sein. Leon hat nichts gemacht und die Mannschaft braucht ihn. Für mich steht fest, wer das Foto gefälscht hat.«

»Wer denn?«, fragt Kofi.

»Sandro«, sagt Aras.

»Meinst du echt?«

»Ich wette mit dir!«

»Aber der kennt sich doch mit Photoshop und all dem Kram gar nicht aus, oder? In der Schule jedenfalls checkt der gar nichts, wenn wir was am Computer machen«, bemerkt Kofi.

»Keine Ahnung, vielleicht hat ihm jemand geholfen. Ich habe da eine Idee!«, sagt Aras und er grinst mal wieder total euphorisch.

»Und die wäre?«, fragt Leon.

»Wir müssen an Sandros Handy! An seine Chat-Verläufe. Der macht doch alles über WhatsApp! Der hat sogar mit seiner *DSDS*-Freundin aus Hamburg per Nachricht Schluss gemacht damals und damit auch noch hier im Internat voll angegeben. Als ob das was wäre, worauf man stolz sein sollte ... So ein Opfer, der Typ, ich sag es euch. Ich wette, der hat in seinen Chats irgendwas über die Sache mit Leon.«

»Dicker, alles schön und gut. Aber ich glaube, du hast zu viele Krimis gesehen. Wie sollen wir denn bitte an sein Handy kommen? Der hat das immer bei sich, das ist dem an die Finger gewachsen, Mann«, wendet Dejan ein.

»Das stimmt nicht ganz!«, sagt Aras. »Nicht während des Trainings. Da hat er es in seinem Zimmer.«

»Und das ist dann zu. Und man kann das Zimmer nur mit Fingerabdruck öffnen«, so Dejan. Vor einem halben Jahr hat die Internatsleitung das Türsystem auswechseln lassen – statt Schlüsselkarten aus Plastik wie im Hotel brauchen die Spieler jetzt gar nichts mehr zum Aufschließen, nur ihre eigene Hand, und die verlieren selbst die größten Chaoten unter den Jungs nicht so schnell.

Aras grinst. Er scheint sich über den Einwand seines Kumpels richtig zu freuen. »Wo ein Wille, da ein Weg. Ich habe einen Plan!«

18 GEFÄHRLICHER PLAN

Das Tor ist ein Stich ins Herz. Leon zieht den Reißverschluss seiner Trainingsjacke bis zum Anschlag hoch und den Kragen bis über die Nase. Es ist so verdammt ätzend, von der Ersatzbank aus ansehen zu müssen, wie Sandro über sein 1:0 jubelt. Leon ist Teamplayer und für ihn steht die Mannschaft immer über allem, so hat er es von klein auf gelernt.

»Es heißt nicht umsonst *Mannschafts*sport« – das hat ihm Jogi in Oberaudorf immer gesagt – und seine Mutter auch so ähnlich. Und Leon fand den Satz immer total richtig.

Aber wie soll er Sandro das Tor und den Applaus gönnen, nach all dem, was der abgezogen hat?

Es läuft die 30. Minute im Viertelfinale des Jugendpokals gegen RB Leipzig. Das Münchner Nachwuchsstadion ist mehr als halb gefüllt, über 1800 Zuschauer sind da und Sandro hat gerade eine Flanke von Dejan aus zehn Metern mit dem Außenrist eingenetzt. Lange Ecke, der Torwart der Leipziger konnte dem Ball nur noch mit großen Augen hinterhersehen. Und jetzt zieht Sandro seine Show ab, zeigt mit beiden Händen auf seine Trikotnummer 18, so nach dem Motto: *Seht alle her! Ich war es, Sandro Brenner!*

Das ist so unfair. *Eigentlich hätte ich spielen und die Partie für uns entscheiden müssen*, denkt Leon.

Sandro erzielt kurz vor der Halbzeitpause auch noch

das 2:0. Fernschuss, 25 Meter, Unterlatte, rein. Krasses Ding. *Der Junge dreht richtig auf ohne mich*, schießt es Leon durch den Kopf. Als wäre der befreit, mit einem starken Konkurrenten weniger. Zu zweit könnten wir uns echt perfekt ergänzen. Zumindest theoretisch. Aber im Fußball geht das halt nicht immer. Messi und Ronaldo spielen ja auch nicht in einem Team oder fahren zusammen in den Urlaub. Und so ist auch das 2:0 ein Stich in Leons Fußballerherz.

Kurz nach dem Seitenwechsel erhöht Dejan per Abstauber auf 3:0. Da brennt nichts mehr an. Die Bayern haben es ins Halbfinale gepackt. Ohne Leon.

Als der Schiedsrichter das Spiel abpfeift und Sandro mit Siegerfäusten eine Ehrenrunde vor der Haupttribüne dreht, spürt Leon kurz eine unbändige Wut in sich aufsteigen. Doch der Gedanke an Aras' Plan hilft ihm, sich recht

schnell einigermaßen zu beruhigen. Sein Freund hat ihm und den anderen gesagt, dass er ein paar Tage braucht und ihnen dann erzählen wird, was genau er im Schilde führt. Aber eines hat er mit voller Überzeugung schon preisgegeben: Es wird etwas im James-Bond-Style.

Und es wird richtig riskant.

Für alle.

* * *

Leon drückt den Stumm-Knopf auf der Fernbedienung und schaut dabei noch einmal auf den Fernseher in seinem Zimmer. Wie beinahe immer hat er die *Sports News* eingeschaltet und am unteren Bildrand des Nachrichtensenders laufen im Newsticker die wichtigsten Meldungen des Tages durch:

+++ Götze wieder im Mannschaftstraining +++
+++ HSV plant Trainingslager in Dubai +++
+++ Bayern holt 13-Jährigen aus Barcelona +++

Krass, erst 13, denkt Leon. Der ist bestimmt gerade richtig euphorisch. Zu früh – diese beiden Worte gibt es im Fußball nicht mehr. Martin Ødegaard, ein norwegisches Supertalent, ist mit 16 schon zu Real Madrid gegangen. *In zwei Monaten werde ich auch 16.*

Wo ich dann wohl spiele? Wie lange behalten die Bayern mich noch, wenn ich nicht mal spielen darf? Wenn Aras' Plan nicht funktioniert, ist wahrscheinlich alles aus ... Und dann?

Schluss jetzt!, sagt sich Leon. *Schluss mit dem negativen Denken.* Er hat mal gelesen, dass die Basketball-Legende Dirk Nowitzki nach verworfenen Freiwürfen eine Mülleimer-Technik benutzt, um nicht lange über seinen Fehlwurf nachzudenken. Das bedeutet: Gedanklich wirft Nowitzki den Gedanken an den misslungenen Versuch in einen imaginären Mülleimer. So macht es Leon jetzt auch – und konzentriert sich auf seine Geschichts-Hausaufgaben. Weimarer Republik. Es gibt Spannenderes, aber immerhin bedeutet es Ablenkung.

Leon hat gerade zwei Absätze in dem Geschichtsbuch gelesen, da klopft es an der Tür. Er öffnet – und ihn grinst gleich die ganze Crew an: Aras, Kofi und Dejan. »Dicker, es geht los!«, sagt Aras und stürmt mit den Jungs ins Zimmer. Sie verteilen sich auf Leons Bett und Sofa, Aras öffnet die grüne Plastikmappe, die er in der Hand hält.

»So, Jungs, hört zu. Hier kommt der Plan«, sagt er und erinnert Leon ein bisschen an George Clooney in dem Film *Ocean's Eleven*, in dem er mit seiner Bande einen Tresor ausrauben will. Nur dass Aras keine grauen Haare an den

Schläfen hat. Aber die Betonung eines Banden-Bosses hat er echt gut drauf.

»Morgen steigt die Sache«, verkündet Aras und lässt einen ernsten Blick durch die Runde wandern.

»Wir haben es die letzten Tage extra noch mal beobachtet: Wenn um 10 Uhr Training ist, geht Sandro immer schon um Punkt 9:30 Uhr los. Ich glaube fast, der hat im Handy eine Dauer-Erinnerung auf diese Zeit gestellt, weil er immer megapünktlich aufbricht. Der will ja immer noch Torschuss-Training vorher machen.

Auf jeden Fall legen wir genau um halb zehn los. Und wir haben nur richtig wenig Zeit. Alles *muss* sitzen.«

Er zieht ein DIN-A4-Blatt aus seiner Mappe und legt es feierlich auf die dunkelblaue Tagesdecke auf Leons Bett. Was ist das denn? Leon wird daraus überhaupt nicht schlau. Der Ausdruck auf dem Blatt zeigt Dutzende Striche, irgendwelche Kästen, Plus- und Minus-Zeichen und in ganz kleinen Buchstaben seltsame Beschriftungen.

»Okaaaay …«, sagt Dejan. »Das müssen wir jetzt nicht verstehen, oder?«

Aras lächelt zufrieden. »Nö. Ich erkläre es euch ja. Das sind Schaltkreise. Und zwar die des Sicherheitssystems für unsere Türen.«

»Woher hast du die denn bitte? So was ist doch bestimmt streng geheim, oder nicht?«, will Kofi wissen.

»Von meinem Vater«, antwortet Aras. Er erzählt, dass dieser als Chef-Informatiker bei dem großen Elektroauto-Hersteller Toslos in der IT arbeitet.

Sein Vater ist also ein richtig hohes Tier da und bildet sich dauernd fort, er hat das Sicherheitssystem für die Firma entwickelt. Und das ist so gut, dass Toslos das System an andere Unternehmen verkauft hat – auch an den FC Bayern. »Im Internat ist daher das gleiche Karten-Sicherheitssystem installiert wie bei Toslos. Und mein

Vater hat im Safe seines Arbeitszimmers bei uns in der Wohnung immer einige Sachen von seinem Job liegen. Als ich neulich noch mal zu Hause war, habe ich ihm einfach gesagt, dass wir in der Schule gerade das Thema Hacking und Cyber-Attacken durchnehmen«, erzählt Aras. Sein Daddy hat ihm dann bereitwillig die Grundlagen von Stromkreisen und Touchpads erklärt und auf ein paar Zetteln aufgezeichnet. Es sei gut, dass das Thema IT-Sicherheit bei ihnen in der Schule eine Rolle spiele, das werde künftig immer wichtiger, hat Aras' Vater wohl gesagt. Und als er sich schließlich einen Tee aus der Küche holte, schlug Aras zu: Er öffnete den Safe. Die Kombination hatte er sich eingeprägt, als sein Vater ihn geöffnet und er ihm dabei unauffällig über die Schulter geschaut hatte: 2510, Aras' Geburtstag, der 25. Oktober. Dann steckte Aras die Pläne für das Sicherheitssystem und eine Glasplatte ein, eine Art Universal-Fingerabdruck für das Schlüsselsystem der Internatstüren. »Der öffnet jede Tür. Hier, checkt mal ab …«, sagt Aras zu den Jungs.

Ganz vorsichtig holt Aras aus seiner Mappe eine kleine Schachtel aus schwarzer Pappe hervor. Er öffnet sie und darin liegt eingebettet in ganz weichen Schaumstoff das transparente Viereck aus Glas. In der Platte sind mehrere Drähte zu sehen.

»Das müssen wir auf das Touchpad an Sandros Tür drücken. Und dann – Sesam öffne dich!« Aras reißt die Hände nach oben, als hätten sie schon alles geschafft. Als wäre er gerade Weltmeister geworden. Als wäre er der König der Welt.

Dabei geht es jetzt erst richtig los.

Aras ist nun, am Ende seiner Präsentation, sichtlich zufrieden. Als er Leons aufgeschlagenes Geschichtsbuch auf dem Schreibtisch entdeckt, sagt er: »Das mit der Tür zu Sandros Zimmer ist wie mit der Geschichtsklausur nächste Woche – wir müssen einfach nur durchkommen. Scheiß mal drauf, wie.«

Und dann grinst Aras wieder so optimistisch und ansteckend, wie nur er es kann.

19 DIE WLAN-KATASTROPHE

Der blaue Flur in der ersten Etage des Internats wird zum Fußballfeld. Jeder hat seine Position. Und seine Aufgabe. Aras ist quasi der Trainer und hat in seiner Ansprache genau klargemacht, was er von jedem erwartet. Und jetzt, wo der »Anpfiff« näher rückt, steigt der Nervositätspegel bei Leon von Minute zu Minute.

Er geht die Treppen runter Richtung Umkleide. Das ist seine Rolle in der Mission: Leon soll heute als einer der Ersten in der Kabine sein. Auf jeden Fall vor Sandro. Und Aras sofort Bescheid geben, sobald Sandro zur Tür reinkommt. Dann können die Jungs loslegen. Und damit Leon auch von unten in der Kabine mitkriegt, was oben abgeht, und er Aras im Notfall mit Tipps helfen kann, hat sich sein Kumpel was einfallen lassen. Etwas echt Geniales, findet Leon: Aras wird Leon per Facetime anrufen und sich sein Phone mit einem Stirnband an seinem Kopf fixieren. So hat er die Hände frei und Leon kann alles sehen.

Als Leon die letzten Stufen Richtung Kabine nimmt, blickt er auf seine schwarze Casio-Uhr. 9:26 Uhr. Um 9:30 Uhr geht Sandro immer los und bis spätestens 9:50 Uhr muss laut Maiks Regelkatalog jeder Spieler in der Kabine sein. Denn um Punkt 10 startet das Training. Aras wird also gerade einmal eine gute Viertelstunde bleiben, um in Sandros Zimmer zu kommen, dort dessen iPhone zu finden, es wie geplant an seinen Laptop anzuschließen, alle Chat-Verläufe aus WhatsApp zu kopieren und dann selbst zum Training zu hetzen. Könnte stressig werden. *Aber es muss einfach klappen*, denkt sich Leon, als er die Kabinentür aufzieht.

9:30:41 Uhr. Leons Blick klebt auf seiner Uhr. Sandro muss jetzt jeden Moment kommen. Nicht, dass was schiefläuft. Nicht, dass der ausgerechnet heute mal später zum Training kommt. Leon fliegen die Befürchtungen nur so durch seinen Schädel.

Und dann spürt er den Luftzug. Sandro drückt die Kabinentür auf, der Treppenhausgeruch weht herein und Sandro setzt sich gegenüber Leon auf die Bank in der Umkleide. Er grüßt ihn nicht, wie immer.

Sandro stellt seinen Kulturbeutel in seinen Spind und beginnt sich umzuziehen. Für Leon ist das der Startschuss: Er zieht sein Smartphone aus der Tasche und schreibt Aras per WhatsApp:

Leon7: Dicker, er ist da! Legt los. Und beeilt euch!

Leon will gerade auf Senden drücken, als es ihm ins Auge springt: Der Sende-Button bei WhatsApp ist grau.

Heißt: Er kann nicht senden. Keine Internetverbindung.

Sein Blick fliegt auf den oberen Rand seines Displays. Kein WLAN-Symbol. Und kein Netz. Also keine mobilen Daten. Hier unten in der Kabine ist meist kein Empfang.

Aber WLAN geht sonst immer hier.

Fuck, Mann! Den Plan mit Facetime kann er jetzt wohl auch vergessen.

»Shit, wo sind die Scheißdinger?«

Leon dreht sich zu Sandro, als er ihn fluchen hört und sieht, wie sein Teamkollege in seinem Spind wühlt. Sandro knallt ungeduldig den Spind zu und bewegt sich Richtung

Kabinenausgang. Auch das noch! Der hat offensichtlich oben irgendwas vergessen.

Sandro kommt der Kabinentür immer näher.

Du musst irgendwas machen! Du musst ihn aufhalten!

Leon startet einen Versuch, Sandro in ein Gespräch zu verwickeln und so Zeit zu schinden: »Was brauchst du denn?«

Sandro schaut ihn verwirrt an. Kein Wunder, Leon ist sicher der Letzte, von dem er erwartet Hilfe angeboten zu bekommen.

»Schienbeinschoner vergessen. Aber kümmere dich um *deinen* Scheiß. Ich bin gleich wieder da.« Und zack – Sandro rauscht ab.

Erst als die Tür hinter ihm ins Schloss fällt, sieht Leon den Zettel, der an ihrer Innenseite angebracht ist:

WEGEN WARTUNG DER ROUTER KOMMT ES HEUTE
ZWISCHEN 8 UND VORAUSSICHTLICH 12 UHR
ZU STÖRUNGEN DES WLAN

DIE INTERNATSLEITUNG

So ein Bullshit! Ich kann meinen Teil der Mission nicht erfüllen. Ich kann Aras nicht warnen. Sandro wird ihn auf frischer Tat ertappen. Und dann sind wir alle dran. Und alles nur meinetwegen.

Jetzt hilft Leon auch Nowitzkis Papierkorb-Technik nicht. In seinem Kopf ist Kurzschluss. Wie eingefroren sitzt er auf der Bank in der Kabine. Er denkt daran, was gleich im Stockwerk über ihm passieren wird. Und Leon wird sauschlecht dabei.

Ich muss ins Treppenhaus! Vielleicht habe ich da Empfang, vielleicht habe ich da LTE oder immerhin 3G.

Leon wartet noch ein paar Sekunden, damit Sandro ihn nicht entdeckt. Dann sprintet er einige Stufen hoch und hält sein Smartphone an das kleine Fenster im Treppenhaus. Gebannt starrt er auf die linke Ecke des Displays. *Kein Netz.* Er macht das Fenster auf und hält das Phone raus. *Kein Netz.* Leon haut vor Wut und Anspannung mit der Faust gegen den Fensterrahmen. *So ein Dreck!* Und dann, als er gerade aufgeben will, leuchtet auf dem Display plötzlich ein Strich oben links auf. Und drei Buchstaben: LTE. *YES!*

Via Facetime ruft er Aras an, der auf Leons Videoanruf gewartet hat und ihn sofort annimmt. Sie haben vereinbart, dass sie nicht groß quatschen. Aras soll direkt loslegen und Leon erst mal nur zusehen.

»Dicker, nur ganz kurz: Kann gut sein, dass Sandro gleich auftaucht bei dir.« Leons Stimme überschlägt sich vor Aufregung. »Du musst richtig schnell sein.«

»Echt? Shit!«, sagt Aras und blickt mit aufgerissenen Augen in die Kamera. »Aber okay, gar kein Ding für uns. Es gibt jetzt kein Zurück mehr. Ich packe das, brauchst keine Angst zu haben, Bro!«

Über sein Smartphone kriegt Leon mit, dass Aras noch einmal den Gang runterschaut. Erst links, dann rechts. Kein Mensch da. Er hat die ganze Internatsetage für sich. *Okay, let's go!* Aras nimmt die kleine Glasplatte mit den Drähten drinnen aus der dunklen Schachtel und legt sie ganz vorsichtig auf das Touchpad neben Sandros Tür.

Bitte lass es funktionieren! Bitte lass es funktionieren! Leon ballt vor lauter Anspannung immer noch die Faust. Er schließt die Augen und legt den Kopf in den Nacken. Es passiert gar nichts. Die Sekunden kommen Leon vor wie Minuten.

Aras presst die Platte mit seinem Daumen etwas stärker

an das Touchpad. Es passiert wieder nichts. Intuitiv dreht Aras die Platte um. Presst sie wieder ran. *ZZZZZZZZZ*. Das Geräusch klingt schöner als jedes Lied von Drake in Leons Ohren. Aras lehnt sich gegen die Tür – und steht einen Augenblick später in Sandros Zimmer. »YES!«, hört Leon ihn flüstern. *Jetzt ganz ruhig bleiben, Bro!*

Aus irgendeinem Grund muss Leon an diesen Radfahrer von YouTube denken. Das Video hat Maik der Mannschaft in der vergangenen Saison mal vor einem Spiel gegen den FC Augsburg vorgespielt, als sie zehn Punkte Vorsprung in der Liga hatten. In dem Film rollt der Radfahrer auf die Ziellinie zu, er ist scheinbar uneinholbar und reißt bereits einige Meter vor der Linie die Arme hoch. Dann stürzt er – und die anderen Fahrer ziehen an ihm vorbei.

Das darf Aras nicht passieren. Er ist nah am Ziel, darf sich aber nicht zu früh freuen. Leon sieht, wie Aras das Zimmer nach Sandros iPhone abscannt. Zunächst checkt er die Regale an der Wand. Ein paar DVDs von *Entourage* und Cristiano Ronaldo, ein Ladekabel, einige Motivationsbücher – das wars. Auf dem Schreibtisch liegen nur Sandros Laptop und ein paar bunte Schnellhefter für die Schule. Das Bett ist gemacht. Alles ist total ordentlich – und trotzdem ist Sandros Handy nicht zu sehen. Aras schaut auf seine Armbanduhr: 9:34:50 Uhr.

Leon fiebert total mit. *Beeil dich, Mann!*

Aras reißt die oberste Schublade des Schreibtisches auf. Nur Notizblöcke und Stifte. Die zweite Schublade – leer. Die dritte und unterste Schublade: alte Ausgaben von *Sportbild* und *Men's Health*.

Aras knallt wütend die Schubladen zu. Er lässt seinen Blick durchs Zimmer fliegen.

Wo kann das Mistding sein? Seine Augen bleiben an der kleinen Schublade am Nachttisch hängen. Er legt seine Hand gerade um ihren Griff, als Leon über die Facetime-Verbindung Schritte hört. Sie scheinen aus dem Flur zu kommen.

Leon will Aras gerade zubrüllen, dass er verdammt noch mal aufpassen muss jetzt, als die Facetime-Verbindung plötzlich abbricht.

Leon springt vom Fenster weg und rennt nach oben. Im blauen Flur trifft er Dejan und Kofi aka Justin Bieber, die hier Wache halten sollen. Sie stehen mit entgeisterten Blicken da.

»Ist Sandro hier eben vorbeigekommen?«, fragt Leon.

»Ja, gerade eben! Shit!«, antwortet Kofi.

Dejan sagt, dass er Sandro am liebsten gepackt und zurückgehalten hätte, aber wie auffällig und crazy wäre das bitte gewesen?

»Wir konnten gar nicht so schnell reagieren, da ist Sandro schon an uns vorbei gewesen. Der hat vier Stufen auf einmal genommen und ist die Treppen quasi hochgeflogen«, erzählt Kofi mit aufgeregter Stimme.

»Geht der etwa in sein Zimmer, oder was?«

»Kein Plan. Aber wir müssen Aras auf jeden Fall warnen«, sagt Leon.

Dejan hält ihm sein Handy vor das Gesicht. »Hab ich ihm sofort geschrieben, als Sandro eben hier vorbei ist. Jetzt können wir nur beten, dass es noch rechtzeitig war.« Leon liest die WhatsApp-Nachricht auf dem Display seines Freundes:

Dejan: Versteck dich! SOFORT!

In diesem Moment erscheint das zweite Häkchen hinter seiner Nachricht und die Häkchen färben sich blau.

»Okay, er hat sie gelesen«, ruft Dejan. Er klingt erleichtert.

Leon will unbedingt sehen, was bei Aras jetzt abgeht. Er drückt hektisch den Facetime-Button auf seinem Smartphone. *Hoffentlich funktioniert es jetzt wieder*. Er starrt auf das Display. *Yes!* Die Verbindung hat sich wieder aufgebaut und Aras ist zu sehen.

Jetzt hält Leon sein Smartphone so, dass alle drei via Facetime sehen können, was Aras macht. Ihr Freund hat sein Handy zum Lesen von Dejans WhatsApp-Warnung eben offensichtlich von der Halterung an seinem Kopf genommen, klemmt es sich jetzt wieder an die Stirn und macht hektische Bewegungen. Leon kann sich denken, was Aras jetzt durch den Kopf geht. *Was ist los bei denen da unten? Wo soll ich mich hier bitte verstecken?!*

Die Schritte aus dem Flur sind nun lauter zu hören. Die Jungs sehen, wie Aras sich unter das Bett wirft. Er liegt schräg, die Facetime-Aufnahme ist jetzt total verwackelt, die Verbindung hält aber. Leon rauft sich vor lauter Nervosität die Haare, Dejan und Kofi beugen sich über seine Schulter und schieben ihre Köpfe näher an das Smartphone.

Auf dem Display ist zu sehen, wie Sandro durch die Zimmertür kommt. Aras dreht seinen Kopf leicht und verfolgt ihn mit seinem Blick. Sandro geht zu seinem Schrank und wühlt das Paar Schienbeinschoner aus der oberen Schublade hervor. Als er sie gefunden hat, will er offensichtlich direkt wieder runter in die Kabine, bleibt dann plötzlich noch einmal stehen und hält kurz inne. Als hätte er das Gefühl, dass hier etwas anders ist als sonst. Er dreht seinen Blick einmal quer durch den Raum. Dann zieht er die Tür hinter sich zu.

Die Jungs hören Aras ausatmen. *Er hat die ganze Zeit unter dem Bett die Luft angehalten.*

»Alter! War das knapp!«, sagt Leon zu Kofi und Dejan.

Dann zieht er das Smartphone an seinen Mund und

sagt: »Super gemacht, Bro! Zieh durch jetzt. Du packst das, wir glauben an dich.«

Aus dem Lautsprecher hören die Jungs die Antwort: »Und ihr bleibt live dabei. Wenn ich das packe, nennt ihr mich bitte nur noch Aras Bond, ja?«

Sie beobachten, wie Aras auf seine Uhr blickt: Es ist 9:41:14 Uhr. Ihm bleiben rund acht Minuten.

»Ich warte noch eine Minute unter dem Bett, falls Sandro noch mal zurückkommt«, sagt Aras. Gesagt, getan. Nach der Minute zieht er sich am Bettgestell hoch. Er ist voller Staub und muss erst mal kräftig niesen.

Leon schmunzelt. *Sandro kann ruhig auch mal unter seinem Bett fegen!*

Aras greift zur Nachttischschublade, reißt sie auf – und tatsächlich: Hier drinnen liegt Sandros iPhone.

Er schnappt es sich und holt aus seinem Rucksack sei-

nen Laptop und ein USB-Kabel. iTunes öffnet sich und Aras schließt das Programm sofort. Er hat ja weder Sandros Apple-ID noch den Code zum Entsperren des Phones, und deshalb haben Leon und er mithilfe eines YouTube-Tutorials auf seinem Laptop ein spezielles Hacker-Programm installiert. Aras öffnet das Programm, und sofort sieht er die Ordner und Dateien, die auf Sandros iPhone gespeichert sind. Er zieht sie mit der Maus rüber auf seine Festplatte und der Kopiervorgang beginnt.

1%. 7%. 13%.

Schneller, Mann!, denkt sich Leon.

18%.

Als der Balken endlich 100% anzeigt, schaut Aras wieder auf die Uhr. 9:48:23 Uhr. Leon grinst zufrieden.

Punktlandung! Aras zieht das iPhone vom Kabel ab und legt es genauso in die Schublade, wie er es vorgefunden hat. Dann packt er das Kabel und den Laptop zurück in seinen Rucksack. Die Jungs sehen, wie er noch einmal checkt, ob er irgendwas hat liegen lassen, und dann ganz vorsichtig die Zimmertür öffnet. Im Flur ist niemand Aras wagt sich hinaus und sprintet in sein Zimmer. Er stel t seinen Rucksack ab und geht gleich wieder raus in den Flur.

»Ab zum Training«, sagt Leon.

Er, Kofi und Dejan haben sich in einem Abstellraum versteckt, damit Sandro sie auf dem Rückweg in die Kabine nicht im Flur rumhängen sieht und Verdacht schöpft.

Als Leon mit seinen beiden Kumpels das Versteck verlässt und im Flur Aras trifft, fällt er ihm in die Arme. Und spürt, wie all die Anspannung von ihm abfällt.

»So eine James-Bond-Aktion ist viel anstrengender, als sie im Film immer aussieht«, sagt Aras.

Die Jungs lachen.

20 GESCHWISTERLIEBE

Leon schließt seine Tür gleich zweimal von innen ab. »Übertreiber«, kommentiert Kofi. Er sitzt auf dem Schreibtischstuhl, Aras und Dejan auf Leons Bett. Aras hat seinen Laptop auf seinen Oberschenkeln und hängt so krumm vorgebeugt vor dem Bildschirm, dass jeder Orthopäde einen Anfall kriegen würde.

»Was heißt Übertreiber? Es geht hier um meine Karriere, Mann. Wir haben das so geil durchgezogen bis hierhin –

da will ich doch nicht auffliegen, nur weil irgendjemand ohne Anklopfen hier reinplatzt. Du kennst die Kandidaten bei uns im Internat doch.«

Kofi hat nichts entgegenzusetzen.

»Jungs! Der Datentransfer hat geklappt. Schaut euch das an.«

Auf einen Schlag ist es ganz ruhig in Leons Zimmer. Die Jungen beugen sich über Aras' Laptop.

»Klick mal zuerst auf *Bilder*. Der macht bestimmt im Bad immer richtig die lächerlichen Selfies«, brüllt Kofi.

»Pssst! Nicht so laut, Mann!«, sagt Leon. »Und außerdem sind seine Selfies mir total egal gerade. Geh bitte auf die Chat-Verläufe bei WhatsApp.«

Aras macht ein paar Klicks und auf dem Bildschirm erscheinen nebeneinander die Chat-Verläufe:

Ciara: Ich dich auch ☺

Benny: Ok bro!

Robert Großbinder: Hat der Großbinder dich je enttäuscht? Das geht jetzt alles seinen Gang. Von Leon Kaltenberg spricht schon bald kein Mensch mehr! Von Sandro Brenner dagegen jeder! Schau doch mal auf Transfermarkt.de ☺

Leons Herz schlägt plötzlich schneller. »Der da mit Robert Großbinder könnte interessant sein. Öffne den bitte.«

Aras klickt auf den Chat. Schweigen. Die Jungs lesen sich gespannt durch, wie Großbinder mit Sandro den Plan gegen Leon ausgeheckt und das Foto manipuliert hat. Leon erzählt ihnen, dass Großbinder der Berater ist, der ihn neulich angerufen hat, um ihn unter Vertrag zu nehmen. Und den er hat abblitzen lassen.

»Das ist ja … unfassbar«, flüstert Aras.

»Was für ein Wichser, dieser Großbinder«, fügt Dejan hinzu.

Leon schaut nur auf den Bildschirm. Er spürt die Blicke der Jungs. Er spürt, dass sie eine Reaktion von ihm erwarten. Doch in diesen Sekunden hat er irgendwie das Sprechen verlernt. Er hat Aras' Theorie mit dem gefälschten Bild ja von Anfang an für plausibel gehalten. Er hat sich vorstellen können, dass Sandro fiese Mittel einsetzt. Dass Fußball nicht nur bei den Profis ein Haifischbecken ist, ein durchtriebenes Milliardengeschäft, in dem gelogen und betrogen wird. Doch jetzt, wo er es schwarz auf weiß hat, ist es doch etwas anderes. So wie im Freibad auf dem Zehner: Sah von unten schon krass aus, aber erst oben weiß man, wie krass es sich anfühlt.

Leons große blaue Augen werden zu Schlitzen. Er könnte vor Wut heulen. Vor Wut auf Sandro, vor Wut auf all die Veränderungen in seinem Leben, vor Wut auf all diese Schattenseiten des Fußballs. Vor Wut auf seinen Sport, den er so liebt und der manchmal ganz offensichtlich für einen solchen Druck sorgt, dass er Menschen in richtig eklige Gestalten verwandelt.

»Jetzt haben wir den Beweis, dass Sandro dich gelinkt hat. Sei doch froh, Bro«, sagt Kofi.

Leon findet seine Stimme wieder. »Ich freue mich ja. Kann es nur gerade nicht so zeigen.«

»Wir müssen damit jetzt sofort zu Herrn Wenzing gehen!«, fordert Dejan.

Aras hebt die Hand. »Ruhig bleiben, Jungs. Was denkt ihr denn, was Wenzing uns fragen wird?« Stille in der Runde. »Ich sage es euch: Es wird uns fragen, woher wir die Chats haben. Und sofort erkennen, dass wir etwas Verbotenes getan haben. Dann können wir alle unsere Sachen packen, wetten?«

»Und was sollen wir bitte sonst machen?«, fragt Dejan.

»Wir werden die Chats jemandem geben, der sie öffentlich macht. Dann kann keiner beweisen, dass die Chats von uns kommen. Und nicht nur alle im Internat, sondern auch die Leute da draußen werden erfahren, wie Sandro sich wirklich seinen Stammplatz zurückerkämpft hat. Nämlich mit Betrug!«

»Und wer soll dieser Jemand sein?«, fragt Leon.

Auf Aras' Gesicht erscheint das typische Aras-Grinsen. Das Grinsen, das ausdrückt: *Ich hab es einfach drauf, Mann!* Aras legt Leon seine Hand auf die Schulter und sagt: »Ich habe da jemanden ganz Besonderes im Auge.«

★ ★ ★

Leons Knie sind ganz weich, als er eine Stunde später mit Aras vor Yusras Zimmertür steht und klopft. Als sie aufmacht und ihn ansieht, meint Leon ein kurzes und freudiges Funkeln in ihren Augen aufflackern zu sehen, doch im nächsten Moment schaltet sie gleich wieder in den Eingeschnappt-Modus. Sie trägt ein dunkelblaues Sommerkleid mit Rüschen und leichtes Make-up.

»Na, ihr beiden. Was wollt ihr diesmal? Mir neue Fantasie-Storys über Sandro erzählen?«

»Sis, nein, Mann. Leon will dir nur was zeigen. Es ist echt wichtig. Es geht um seine Karriere.«

Leon setzt seinen Welpenblick auf und schaut Yusra bettelnd an. Das wirkt offenbar.

»Ey, Aras, ich schwöre: Wenn das nicht *echt* wichtig für ihn ist, dann kriegst du richtig Stress mit mir, verstanden, Brüderchen?«

Aras nickt grinsend. »Solange du mich nicht mit Selena-Gomez-Liedern quälst, habe ich keine Angst.« Jetzt lacht auch Yusra. Und bittet die beiden rein.

Leon und Aras setzen sich auf ein weißes Sofa unter dem Fenster, Yusra auf ihren Schreibtischstuhl. Aras klappt seinen Laptop auf und stellt ihn vor Yusra auf den Tisch. Auf dem Display sind die Chat-Verläufe von Sandros Handy zu sehen. Aras klickt zuerst auf den mit Robert Großbinder.

»Hier, das ist der Chat zwischen Sandro und seinem Berater. Es ist der Beweis, dass sie Leon gelinkt haben. Lies!«

Yusra zieht den Laptop näher an sich heran und vertieft sich in den digitalen Gesprächsverlauf. Immer wieder scrollt sie zurück nach oben, so als könne sie nicht glauben, was sie gerade gelesen hat. Als sie fertig ist, lehnt sie sich in ihrem Stuhl zurück und schaut Aras und Leon an.

»Das ist ja mal richtig krass. Niemals hätte ich Sandro so was zugetraut. Zu mir ist er immer so lieb. Aber die Aktion ist ja ein richtiger Absturz. Wie seid ihr an die Chats gekommen?«

Aras zwinkert ihr nur zu.

»Verstehe. Papa! Alles klar, keine weiteren Fragen«, sagt Yusra und grinst komplizenhaft.

»Papa hat uns geholfen. Also, indirekt, ohne dass er es wusste. Zumindest nicht so richtig. Egal ... Und jetzt brauchen wir deine Hilfe«, erklärt Aras seiner Schwester.

Yusra sieht ihn fragend an. »Wie soll ich euch helfen? Ihr habt den Beweis doch schon.«

»Du musst das bitte bei dir im Blog posten. Du hast so viele Follower, das hat dann richtig die Power.«

»Ähhhh ... Hallo?! Ich habe einen Beauty- und Lifestyle-Blog. Kein Fußball-Portal! Das Thema geht voll an meiner Zielgruppe vorbei.«

Aras ist auf diesen Einwand vorbereitet, er hat mit Leon bereits auf dem Weg zur Wohnung seiner Familie darüber gesprochen und prophezeit, dass Yusra das so sehen wird. Sie ist total oft bei Blogger-Seminaren, liest viele E-Books und ist deswegen bei all diesen Sachen komplett im Thema.

»Weiß ich doch, Sis. Doch sieh es mal so: Erstens tust du Leon einen Riesengefallen und somit etwas Gutes. Das kann nie schaden. Karma und so, denk dran. Und zweitens ziehst du damit eine ganz neue Zielgruppe auf deinen Blog. Der wird dann auch in Kreisen bekannt, die jetzt noch gar nichts von *Yusrarella* wissen. Das ist ’ne klassische Win-win-Situation.«

Yusra lacht und schüttelt leicht den Kopf. »Du sprichst schon wie so ein Business-Man ... Ach, Brudi, du bist schon ein cleveres Kerlchen. Und ich muss dir lassen, dass an der Sache mit der neuen Zielgruppe natürlich was dran ist. Und Leon braucht wohl echt Hilfe.«

Sie schaut Leon tief in die Augen. Sein ganzer Körper prickelt.

Yusra beendet diesen schönen Moment, indem sie sich

zurück zu Aras' Laptop dreht. Sie scrollt durch die Chats und findet schnell, was sie sucht: Sandros Unterhaltungen mit Ciara.

Leon blickt ihr über die Schulter und liest ein paar Sätze der Ciara-Chats mit. Das Emoji mit dem Herzchen in den Augen haben die beiden sich gefühlt 100 Mal geschickt, der Rest der Chats ist ein Mix aus Ich-hab-dich-lieb-Geschwafel und Gesprächsfetzen über Trüffelpizza und Ausflüge in den Englischen Garten. Offensichtlich sind die beiden da öfter unterwegs.

Leon kann richtig spüren, wie Yusra beim Lesen ihre Hoffnung wegbricht, dass er und sein Bruder Sandro verwechselt haben. Wie in Zeitlupe tropft eine Träne aus ihrem Auge und zerspringt auf der Tastatur.

Seine Gefühle zerreißen Leon. Einerseits würde er am liebsten aufspringen, weil er sich so freut, dass sie jetzt doch wohl endlich von dem Penner Sandro wegkommt. Und gleichzeitig leidet er mit ihr.

»Vollidiot!« Yusra spricht ganz leise. Und wird immer lauter. »Vollidiot. VOLLIDIOT!« Sie knallt den Laptop zu und dreht sich zu Leon und Aras.

»Alle sollen wissen, was für ein Cheater er ist. Wie fake er ist. Wir machen das auf meinem Blog.« Sie wischt sich mit dem Handrücken die Tränen aus den Augen und hält erst Leon und dann Aras ihre Hand zum High Five hin.

Leon strahlt. »Mega. Tausend Dank.«

Aras springt auf und umarmt seine Schwester. »Beeeeeste Sister. Beeeeste!«

Das Lächeln kehrt zurück auf Yusras wunderschönes Gesicht.

21 DIE BOMBE PLATZT ONLINE

Leon hat gerade Adrian den Ball mit einem Tackling im Mittelfeld abgeluchst, als er die über der gegnerischen Spielhälfte kreisende Drohne entdeckt. Sie ist weiß und besteht aus vier großen Kreisen, in der Mitte leuchtet eine rote Lampe und sie sieht aus wie ein Ufo.

Während des Vormittagstrainings steht Co-Trainer Johannes mit seinem Smartphone an der Seitenlinie und lenkt die Drohne von links nach rechts. Immer wieder hält

er sie einfach nur in der Luft, sie schwebt dann auf Höhe der Mittellinie.

Nach dem Training erklärt Trainer Maik den Jungs in der Kabine, dass er ab sofort viele Einheiten mit der Drohne filmen lassen wird. »Wir im Trainerstab erkennen damit noch besser, in welchen Situationen wir als Mannschaft noch effektiver verschieben können – und wo wir Lücken haben. Lasst euch von dem Teil nicht ablenken. Es schwebt ganz lautlos über euch. Heute habt ihr das sehr gut gemacht mit dem Pressing. Gerade Aras' Team hat die Räume so eng gemacht, das waren Dixi-Klo-Maße.« Als Belohnung für den Spruch bekommt Maik in der Kabine großes Gelächter zu hören.

Der Trainer hat ein feines Gespür dafür, wann er die Atmosphäre lockern muss. Seit einigen Tagen fühlt er, wie die Anspannung bei seinen Jungs steigt. Nur noch vier Tage bis zum Halbfinale des deutschen Jugendpokals gegen den HSV.

In der Woche des Spiels achtet er noch mehr als sonst darauf, dass seine Spieler das Zwei-Kontakte-Prinzip umsetzen: Annahme und Pass. »So können wir den HSV packen – mit schnellen Angriffen, schnellem Umschalten«, predigt er in seinen Ansprachen. Und stoppt in den Trainingsspielen den Abstand zwischen Balleroberung und Torschuss. Mehr als zehn Sekunden dürfen nicht dazwischenliegen, sonst pfeift Maik den Angriff rigoros ab.

Leon trainiert wie immer. Absichtlich schlecht Fußball spielen, sich hängen lassen – das kann er gar nicht. Dafür liebt er das Spiel viel zu sehr. Doch komisch fühlt es sich für ihn schon an: Genau zu wissen, dass er eigentlich kein Teil der Mannschaft mehr ist. Dass er trainiert, ohne zu spielen. Noch. Yusras Blog kann alles ändern, geht es ihm immer wieder durch den Kopf.

Auch als er nach dem Training und dem Duschen an seinem Schreibtisch sitzt und für Deutsch den Aufsatz über die Geschichte des deutschen Fußballs schreibt. Sie durften sich das Thema aussuchen und Leon hat sogar mal Spaß am Schreiben. Trotzdem checkt er alle paar Minuten *Yusrarella.de*, klickt immer wieder auf den Aktualisieren-Button. Die Zeit schleicht vorbei.

Und dann steht da plötzlich diese große Überschrift.

OMG! Leon spürt, wie sein Herz sofort schneller schlägt. Und beginnt zu lesen:

Megafake im Bayern-Internat

Hey meine Lieben!

Fußball ist nicht so mein Ding, das wisst ihr ja. Aber was da gerade im Internat der Bayern abgeht, ist so krank, das muss ich euch erzählen.

Es gibt da in der U16 einen Spieler, Sandro, der hat den krassesten Bitch-Move ever gebracht. Ihr, liebe Commu-

nity, wisst: Ich bin immer ehrlich zu euch! Und deswegen schreibe ich es hier: Sandro und ich – wir hatten was. Und er hat mich betrogen.

Ich musste echt über meinen Schatten springen, um dazu hier zu stehen. Jede Lady hat ihren Stolz. Ich habe mich dazu entschlossen, um euch Mädels vor solchen Typen zu warnen.

Aber back to topic: Nicht nur, dass er mich verarscht hat. Er hat auch seinen Mitspieler Leon übelst reingelegt. Und mit einem gefakten Foto dafür gesorgt, dass der Arme vom Internat fliegen soll. Hat Sandro Schiss vor ihm, weil Leon besser spielt als er? Wie armselig ist das denn bitte!?!

Aber lest selbst:

Leon überfliegt die geposteten Screenshots der Chats, die

er bereits kennt. Dann liest er Yusras Schlusssatz:

Fußballer sind echt hot, und ich weiß aus euren Nachrichten und Kommentaren, dass viele von euch auf sie stehen. Aber passt bloß auf. Und lasst euch nicht verarschen.

Ich bin so froh, eine so geile Community wie euch zu haben. Ihr helft mir so sehr in dieser schwierigen Zeit und gebt mir Kraft.

One love

Eure Yusrarella

Tja, Sandro, denkt sich Leon, *so läuft das eben: Egal, welche Pläne du gerade machst – das Leben schiebt den Ball an dir vorbei ins Netz.*

22 SCHLÄGEREI MIT FOLGEN

Als sein Wecker ihn um 6:45 Uhr aus dem Schlaf reißt, fragt Leon sich zuallererst, ob es schon in den Zeitungen steht. Hat sich die Geschichte bereits bis ins Internat rumgesprochen?

Er behält sein Smartphone nach Abschalten des Weckers gleich in der Hand, legt den Schalter bei *Flugmodus* um und gibt bei Google News *Sandro Yusrarella* ein. Und tatsächlich: *Transfermarkt.de* und die Münchner Zeitung *TZ* haben jeweils einen Bericht über Yusras Blog-Eintrag gemacht. Leon liest sie, so schnell er kann.

»… wie der Lifestyle-Blog berichtet …«
»… Intrige gegen Mitspieler …«
»… Beweise scheinen eindeutig …«
»… Brenner gilt als Megatalent …«

Es klopft an der Tür. Aras holt Leon zum Frühstück ab.

»*TZ* schon gesehen?«, fragt er.

Leon nickt. *Aras ist heute Morgen offenbar genauso neugierig wie ich.*

Als sie im Erdgeschoss angekommen sind und gerade in den Essenssaal einbiegen wollen, bemerken sie am Ende des Flurs Herrn Wenzing. Vor ihm steht Sandro. Wenzing hält ihm die Tür zu seinem Büro auf und winkt ihn mit einer Handbewegung hinein. Sandro will gerade eintreten, doch als er Aras niesen hört, dreht er sich um und entdeckt ihn und Leon. Seine Augen verengen sich, sein Gesicht verwandelt sich zu einer hasserfüllten Fratze und sofort sprintet Sandro in Richtung der beiden los.

»IHR WART DAS!«, brüllt er.

Sandro ist so schnell, dass zwischen ihm und Leon und Aras nun nur noch wenige Meter liegen.

Als würde er bei einem Weitsprung-Wettbewerb teilnehmen, drückt sich Sandro mit seinem rechten Fuß ab und wirft seinen muskulösen Körper auf Leon. Alles geht so schnell, Leon bleibt keine Zeit nachzudenken, er reagiert einfach intuitiv und duckt sich reflexartig weg. Im nächsten Moment sieht er, wie Sandros Faust wenige Zentimeter an seinem Kopf vorbeifliegt. Und in der Wand hinter ihm einschlägt. Das war knapp.

Herr Wenzing kommt angerannt und stellt sich mit ausgebreiteten Armen zwischen die Jungs wie ein Schutzschild. Sandro liegt am Boden und hält sich die Hand, von der das Blut auf den Boden tropft.

»SAG MAL, GEHTS NOCH?«, brüllt Wenzing.

Die Traube von Jungs, die sich um sie herum gebildet hat, wird immer größer. Angelockt von dem Lärm kommen immer mehr Jugendspieler aus dem Frühstücksraum und blicken auf Sandro. Keiner sagt was, alle blicken einfach nur geschockt den auf dem Boden kauernden Star der U16 an.

»Bin ich hier im Kindergarten, oder wie? Du gehst jetzt zu Jurek und lässt dir die Hand verbinden. Und danach kommst du in mein Büro«, sagt Wenzing zu Sandro und blickt dann in die Runde der Gaffer. »Und ihr geht zurück zum Frühstück! Hier gibt es nichts mehr zu sehen.«

★ ★ ★

Am Nachmittag, nach dem Training und Mittagessen, vibriert Leons Handy. Eine WhatsApp-Nachricht von Diana:

DianaFCB: Hi Leon, bitte komm um 16 Uhr zu Herrn Wenzing ins Büro. Er erwartet dich und Aras, ihm gebe ich gleich auch Bescheid. Seid bitte pünktlich. Danke. Bis dann. Gruß, Diana

Kurz vor 16 Uhr klopft Aras wie gehabt bei ihm an der Tür und holt ihn ab. »Was, denkst du, will er von uns?«, fragt er.

»Es wird um Sandro gehen. Und die Aktion im Flur heute.«

»Ach nee! Und weiter?«

Leon zuckt mit den Schultern.

Als sie vor Wenzings Büro stehen, spürt er sein Herz heftig pochen. Seine Atmung wird immer schneller.

Sie klopfen an und treten ein. Wenzing sitzt hinter seinem Schreibtisch, Diana auf dem Sessel ihm gegenüber.

»Hallo, ihr beiden. Setzt euch bitte«, sagt Wenzing und deutet auf die übrigen Sessel.

»Ich habe Diana dazugeholt, weil ich ihr vertraue und sie oft am besten weiß, was hier im Internat alles abläuft. Wir haben uns heute lange besprochen. Und eine Entscheidung getroffen.«

Wenzing lässt nervös einen Kugelschreiber durch seine Hände gleiten. Er beugt sich vor, stützt seinen Oberkörper mit seinen Ellenbogen auf die Tischplatte und holt tief Luft.

»Wir haben Sandro eben mitgeteilt, dass er kein Spieler des FC Bayern mehr ist. Er wird unser Internat noch heute verlassen.«

★ ★ ★

Die Dunkelheit legt sich wie eine Decke über das Gelände. Leon steht in seinem Zimmer und blickt in den Abend hinaus. Schwarz liegen die Rasenplätze und Kunstrasen-Spielfelder vor ihm. Was tagsüber voller Leben ist, voller Fußball, wirkt an diesem Abend total langweilig. Beinahe traurig.

Vom Ausgang des Internats führt ein schmaler Fußweg zum Parkplatz und nach einem kurzen Regenschauer ein paar Stunden zuvor spiegeln sich die Beleuchtung des Weges und der Mondschein in den kleinen Pfützen auf den Gehwegplatten. Leon hat sein Fenster auf Kipp, draußen ist alles ganz ruhig, nur ein paar Vögel sagen diesem aufregenden Tag mit ihrem leisen Gesang Goodbye.

Und dann steht er plötzlich da. Sandro.

Er hat seinen Fuß in die Eingangstür des Internat-

Hauptgebäudes geklemmt und zwängt einen riesigen Rollkoffer hindurch. Über seine rechte Schulter hat er sich eine schwarze Reisetasche gehängt, auf dem Rücken trägt er seinen hellbraunen MCM-Rucksack. Alle seine Gepäckstücke sind total prall, sie müssen bis zum letzten Millimeter gefüllt sein. Als Sandro sich erfolgreich durch die Tür gequält hat, hält er einen Moment inne und blickt auf das Internat. Dann geht er Richtung Parkplatz, und Leon bemerkt jetzt das Taxi, das dort wartet.

Ihm ist sofort klar, was er gerade mit ansieht. Sandros Abschied.

Sandros letzte Momente im Internat.

Die letzten Sekunden von Sandros Traum – der zerplatzt ist.

Eigentlich könnte Leon sich freuen. Erleichtert sein. Er hatte erwartet, dass er Sandros Rauswurf krass feiern würde.

Er könnte das, was da unten gerade abgeht, hier vom

Fenster aus perfekt live für Insta-Storys filmen. Und Sandro mit dem Video vor Zigtausenden Zuschauern demütigen.

Doch jetzt fühlt es sich ganz anders an als erwartet. *Sandro sieht so verdammt einsam aus,* geht es Leon durch den Kopf.

Als das Taxi verschwunden ist und die Anlage draußen wieder still daliegt, lässt Leon seinen Blick nachdenklich durch sein Zimmer schweifen. Er bleibt an dem Bilderrahmen mit dem Neymar-Bild auf seinem Nachttisch kleben.

I learned everything about life with a ball on my feet.

Was habe ich heute gelernt?

Dass man im Fußball Intrigen mit Intrigen bekämpfen muss?

Wahrscheinlich schaut Gott gerade durch mein Fenster. Wahrscheinlich denkt er: Was will der Idiot denn nun eigentlich?

Ich will meinen Traum leben. Aber ich will kein Egoist sein.

23 HALBFINALE, MANN!

Die Spieler in der Kabine spüren sofort, dass es eine besondere Ansprache wird. Maik ist viel ernster als sonst vor diesem Vormittagstraining. Und die Falten auf seiner Stirn und die Ringe unter seinen Augen verraten, dass er nicht viel geschlafen hat in der vergangenen Nacht.

»Männer, bevor wir zum Training rausgehen, möchte ich euch etwas sagen. Herr Wenzing, Diana und ich saßen gestern lange zusammen. Wir haben uns die Ent-

scheidung nicht leicht gemacht. Doch wir sind uns einig, dass sie alternativlos ist: Wir haben Sandro suspendiert. Er ist nicht länger Spieler des FC Bayern und ist gestern Abend ausgezogen.« Maik blickt in die Runde und macht eine Pause, um an den Gesichtern vor ihm die Reaktion der Jungs abzulesen. Sandros Rauswurf hat sich bereits rumgesprochen, überrascht ist kaum einer. Und doch ist der Mannschaft anzumerken, dass sie weiß, dass das hier gerade ein krasser Einschnitt ist.

»Sandro war einer unserer besten Spieler, das ist jedem hier klar, auch wenn er zuletzt eine schlechte Phase hatte. Sein Ende hier ist ein sportlicher Verlust für uns. Darüber bin ich mir im Klarem. Doch noch wichtiger als der sportliche Erfolg und die sportlichen Qualitäten eines Spielers ist für mich unsere Mannschaft. Wir sind ein Team. In unserem Kreis soll sich jeder wohlfühlen. Und Sandro hat zuletzt ein Ding gebracht, das uns keine Wahl ließ.« Die Furche zwischen Maiks Augenbrauen wird tiefer. Er atmet durch, knetet seine Hände vor der Brust. »Sandros Abgang ist auch eine Chance für uns. Eine Chance zu zeigen, dass wir mehr sind als er. Dass der FC Bayern für Werte steht. Eine Chance, für euch als U16 zu zeigen, dass ihr richtig was draufhabt. Dass ihr zusammenhaltet. Ich zähl auf euch, Jungs. Ihr könnt so viel. Gemeinsam können wir so weit gehen. Am Samstag gegen Hamburg gewinnen – und dann Pokalfinale. Geht es geiler? Dafür arbeiten wir jetzt gemeinsam. Wir packen das.« Maik macht eine kurze Pause und fixiert Leon mit seinem Blick. Der Trainer lächelt und Leon meint in seinem Blick Stolz zu erkennen. »Und wenn ihr euch fragt, wer unser neuer Kapitän wird – auch darüber habe ich mir Gedanken gemacht. Unser neuer Kapitän ist Leon. Das ist viel Verantwortung, mein Lieber, das weißt du. Aber du kannst das. Und jetzt ab zum Training.«

Kurz ist es still im Raum, dann beginnt die Mannschaft ihrem Trainer zu applaudieren. Aras klatscht als Erster, Kofi und Dejan stimmen sofort ein, und als Leon nach rechts zu Benny blickt, der immer mit Sandro abhing, sieht er auch ihn klatschen.

In diesem Training läuft Leon nicht über den Platz. Er fliegt.

* * *

Den Hamburger Volkspark kannte Leon bislang nur aus Erzählungen von den Experten in den TV-Fußball-Talkshows am Sonntagvormittag. Früher gab es hier legendäre Spiele des HSV gegen die Bayern, das hat er immer mal wieder mitgekriegt. Doch seit er sich für Fußball interessiert, hat der HSV so gar nichts gerissen. Zumindest nicht im Profi-Bereich. Im Jugendbereich hingegen ist der Klub ziemlich gut, und als der Mannschaftsbus in die

Zufahrtsstraße zur Arena abbiegt und an der Statue des Fußes von Uwe Seeler vorbeirollt, spürt Leon, dass dieser Ort Fußball pur ist.

Halbfinale, deutscher Jugendpokal. Spiel eins nach Sandro. Spiel eins mit Leon als Kapitän.

Als sich Leon die Binde in den Klubfarben Rot-Weiß über den Arm streift, kribbelt es auf seiner Haut. Es schaudert ihm vor Stolz und Aufregung.

»Wir packen das heute, Jungs!«, brüllt Leon in der Kabine und klatscht, den Oberkörper in Richtung seiner Mitspieler gebeugt, in die Hände. In den Blicken der Jungs sieht er, dass sie ihm folgen. Dass sie es alle unbedingt in dieses verdammte Pokalfinale schaffen wollen.

Doch in den ersten Minuten auf dem Spielfeld erkennt Leon schnell: Hamburg macht hinten total zu. Seine Mannschaft wird heute Geduld brauchen. Die Räume

sind dicht, sie müssen den HSV irgendwie etwas rauslocken und den Ball zirkulieren lassen. Aras hat das auch gleich gecheckt und spielt den Ball zurück auf Torwart Bene.

Und dann passiert es.

Leon dirigiert gerade sein Mittelfeld, rudert mit den Armen und schaut kaum auf den harmlosen Rückpass von Aras, als er aus dem Augenwinkel mitkriegt, wie Bene noch vor der Ballannahme auf dem feuchten Rasen wegrutscht. Der Keeper knallt mit dem Kinn auf den Rasen, es sieht total trottelig aus, wie in einem dieser Pannenvideos, die an Weihnachten immer im Fernsehen laufen. Das Schlimme ist nur: Das hier ist gar nicht witzig. Das ist leider Benes Ernst.

Einer der HSV-Mittelfeldspieler erkennt die Situation sofort und sprintet zum Ball, der an dem liegenden Bene vorbei Richtung Tor rollt. Bene richtet sich hektisch auf, doch seine Füße finden keinen Halt. In einer völlig unkontrollierten Bewegung knallt er wieder hin und der HSV-Spieler schiebt ein. 0:1 nach nur zwei Minuten.

FUCK! Was macht der?, denkt Leon, doch sagt stattdessen: »Kopf hoch, Bene, passiert.«

Fußball kann verlogen sein, aber alles andere als aufmunternde Worte würde das Ganze jetzt nur schlimmer machen.

Ausgerechnet Bene!

Der sonst quasi alles hält. Dem so was nie passiert. Ausgerechnet heute …

Ein so früher Rückstand gegen einen so defensiven Gegner ist der Tod. Leon weiß das. Die werden sich jetzt noch tiefer hinten reinstellen, mit einer gefühlten Zehnerkette, und da ist jede noch so kreative Mannschaft beinahe machtlos.

Er probiert es. Hohe Pässe. Flache Pässe. Quer. Lang. Doppelpass. Linke Außenbahn. Rechte. Flanke. Fernschuss. Doch es gelingt ihm kein Tor.

Aras geht es genauso. Auch nach der Halbzeitpause finden sie kein Loch in dem Hamburger Bollwerk. Die Zeit rennt ihnen davon. Und als der Schiedsrichter abpfeift, weiß Leon, dass dies nicht irgendeine Niederlage ist.

Es ist die größte in seiner bisherigen Laufbahn.

Leons Schultern hängen schlaff an seinem Körper herunter, als er mit der Mannschaft am Hamburger Flughafen in den Flieger Richtung München steigt. Wie zwei Vorhänge, die zu schwer für die Gardinenstange sind. Er checkt die Boarding-Karte auf seinem Phone. 16 C, Gangplatz. Erschöpft lässt sich Leon in den Sitz fallen. Er schließt die Augen.

Alle werden jetzt denken, dass wir ohne Sandro viel schwächer sind. Auch wenn er zuletzt schlecht gespielt hat.

Alle werden denken, dass ich es als Kapitän nicht bringe.

Alle werden denken, dass es ein Fehler war, Sandro wegen der Sache mit mir rauszuschmeißen.

Das Vibrieren des Phones in seiner Hosentasche reißt ihn aus seinem Selbstmitleidsanfall.

Wie krass!

Yusra schreibt ihm bei WhatsApp. Damit hat er jetzt echt mal nicht gerechnet.

Yusrarella: Hey Leon! Alles klar bei dir? Ich bin morgen in der City. Kaufinger Straße und so. Hast du vielleicht Lust auf einen Kaffee? Würde mich sehr freuen!
XoXo Yusra

Leons Herz hüpft. Ganz kurz ist die Niederlage von eben komplett raus aus seinem System. Das ist einfach nur Glück. *Schreibe ich sofort zurück? Oder lieber warten? Nicht dass sie denkt, ich hätte auf eine Nachricht von ihr voll gewartet.*

Doch dann spürt Leon wieder diesen Druck auf den Schläfen. *Diese Niederlage schmerzt*, sagen die TV-Kommentatoren oft. Wenn man beim FC Bayern spielt, ist das echt so. Da tut jedes verlorene Spiel körperlich weh. Weil klar ist, dass es Ärger geben wird. Dass in diesem Klub kein Platz für Niederlagen ist. Auch in der Jugend nicht. Leons Kopf platzt fast.

Er nimmt all seine noch übrig gebliebene Konzentration zusammen, checkt per App kurz das Wetter für morgen – sonnig, 20 Grad – und schreibt an Yusra:

Leon7: Hey! Klar, gern. Wir haben um 15 Uhr Training. Sagen wir 18 Uhr am Kiosk an der Reichenbachbrücke? Soll ja schönes Wetter werden, dann können wir uns da was holen und an der Isar chillen. Gruß, Leon

Eine Minute später ist Yusras Antwort da:

Yusrarella: Perfekt!

Leon hat sie kaum gelesen, als sein Kopf zur Seite fällt und er wegnickt. Doch der Augenblick vor dem Einschlafen reichte noch, um zu spüren, wie schön es in ihm kribbelt. *Perfekt.*

Das Aufsetzen des Flugzeugs auf dem dunklen Rollfeld weckt ihn ziemlich ruppig, danach geht es mit dem Bus ins Internat. Alle wollen nur noch schlafen, kein Spieler spricht.

Leon putzt sich direkt nach der Ankunft die Zähne, zieht sich aus und wirft sich in Boxershorts auf sein Bett. Wie so oft checkt er vor dem Schlafengehen noch mal kurz Insta, scrollt gähnend durch seinen Feed. Und bleibt mit offenem Mund an einem besonderen Post hängen.

Sandro hat ein Foto gepostet, auf dem er mit Dortmunds Jugendleiter Hans-Werner Pöck zu sehen ist. Sandro hält ein BVB-Trikot in der linken Hand, mit der rechten schüttelt er Pöck die Hand. Im Hintergrund ist das Dortmunder Internat zu sehen. Sandro hat dazu geschrieben:

New club. New passion. New life. Same dream.
#bvb #meisterschaft

Dieses Foto ist wohl echt diesmal.

Fußball ist einfach crazy, Mann, denkt Leon.

24 ÜBERTRIEBEN NERVÖS

Der Tag nach der Niederlage ist immer am schlimmsten. Denn dann realisierst du erst richtig, welche Gelegenheit du verpasst hast. Dann spürst du, wie erschöpft dein Körper ist. Alle Anstrengung war umsonst. Leon war noch nie betrunken, aber schlimmer als dieses Gefühl beim Aufwachen nach einem verlorenen Spiel kann kein Kater der Welt sein.

Wie alle in der Mannschaft ist er froh, als sie das Training

hinter sich gebracht haben.

»Voll die Trauerstimmung hier«, stellt Aras fest, als die beiden nach dem Duschen die Treppen zu ihren Zimmern hochsteigen.

»Was machst du jetzt, Bro?«

Leon zögert kurz. Soll er Aras sagen, dass er ein Date mit seiner Schwester hat? Wird er ihm das irgendwie übel nehmen, soll er es lieber verschweigen? *Ach, Quatsch, was soll Aras schon sagen.*

»Ich treffe mich mit einem wunderschönen Mädchen. Nachname Hemidi.«

Aras reißt die Augen auf. »Ach was! Du und meine Sis, ihr habt ein Date? Roooooomantic ... Geht da was? Also, auf was für Typen Yusra steht, echt krank.«

Aras lacht und Leon zieht ihm grinsend eine Faust auf die Schulter. »Sei leise. Und lenk mich nicht ab jetzt. Ich muss gleich los.«

»Alles klar. Aber ey: Wenn ihr heiratet – gib mir rechtzeitig Bescheid, ja? Nicht dass ich an dem Tag ein Spiel hab. Und euer Kind würde ich an eurer Stelle Aras nennen, nach diesem geilen Fußballer. Wallah, er ist richtig gut.«

Leon macht lachend eine wegwerfende Handbewegung und verschwindet auf sein Zimmer.

Das Date-Outfit steht schnell fest. *All black everything*. Leon zieht seine schwarze Jeans mit den zerrissenen Stellen an den Knien aus dem Kleiderschrank, streift seinen schwarzen Sweater über, auf dem ein großer Drache gedruckt ist, und entscheidet sich für die Air Max, die er in der vergangenen Woche gekauft hat. Ein paar Spritzer *One Million* auf Hals, Haare und Handgelenke, etwas Aqua-Creme ins Gesicht, Gel ins Haar – und ab gehts.

Die Straßenbahn kommt pünktlich und Leon ist als Erster am Kiosk-Treffpunkt. Er spürt Nervosität in sich aufsteigen, beim Warten auf Yusra tippelt er ungeduldig auf der Stelle und schaut alle paar Sekunden auf die Uhr.

Und dann biegt sie plötzlich um die Ecke.

Yusra strahlt.

Leon beobachtet, wie sich der Kiosk-Verkäufer und vorbeigehende Männer nach ihr umdrehen. In ihrem cremefarbenen Kleid, das knapp über den Knien endet, sieht sie einfach Hammer aus! Ihre goldenen Sneaker passen perfekt dazu, ihre Haare hat sie wohl gerade gewaschen, sie glänzen total. Um ihren Hals baumelt eine silberne Kette mit einem Schlüssel dran. Yusra lächelt ihn an.

»Hey«, haucht sie ganz zart zur Begrüßung und deutet ein Küsschen rechts, ein Küsschen links an Leons Wangen an.

»Hey«, sagt Leon. Voll einfallsreich.

Die Luft zwischen ihnen vibriert. Sie sehen sich strahlend in die Augen, der Moment dehnt sich, und Leon überlegt krampfhaft, was er jetzt sagen soll.

»Holen wir uns erst mal einen Kaffee?« Er ist froh und

erleichtert, als die Wörter endlich irgendwie aus seinem Mund purzeln.

Yusra nickt. »Gern.«

Leon bestellt zwei Latte sowie zwei Coke Zero für den Weg, bezahlt und reicht ihr einen dampfenden Pappbecher. Yusra bietet an, die Cokes erst mal in ihrer Handtasche zu verstauen.

»Wie war das Training?«, will sie wissen.

»War okay«, antwortet Leon. »Aber irgendwie läuft es gerade nicht so. Gestern haben wir verloren, das hat Aras dir sicher geschrieben.« Sie nickt.

Ohne dass sie den Weg besprochen haben, spazieren sie nebeneinander Richtung Innenstadt los, entlang der Isar. Immer wieder müssen sie Radfahrern und frei laufenden Hunden ausweichen. Die Sonnenstrahlen tasten sich durch die Blätter der Bäume am dicht bewachsenen Isar-

Ufer und lassen Yusras Haut strahlen. Erst jetzt bemerkt Leon, dass sie sich auf ihre Arme und den Ausschnitt Goldglitzer gestreut hat. Kleopatra-Style. *Sie ist noch viel hübscher als Selena Gomez*, findet Leon.

Mit jedem Kilometer an der Isar erscheint sie ihm vertrauter. Sie unterhalten sich richtig gut. Erst ein bisschen über Fußball; Yusra interessiert, was Leon an dem Sport so fasziniert.

Er denkt kurz nach und hört in sich rein, dann sagt er: »Fußball ist der Teil in meinem Leben, in dem es wirklich um alles geht. Auf dem Rasen fühle ich mich so lebendig wie sonst nie. Fußball ist Leben.«

Yusra gefällt diese Erklärung offenbar, auf jeden Fall lächelt sie.

»Und wie ist das bei dir mit der Mode?«, fragt Leon. Er spürt kleine Steine unter seinen Schuhen, bei jedem Schritt knirscht es. »Was fasziniert dich daran so?«

Yusra streicht ihre Haare hinter das Ohr und blickt

nachdenklich in die Ferne. »Eigentlich genauso wie bei dir mit dem Fußball. Mode ist alles für mich. Ausdruck meiner Persönlichkeit. Ich kann damit meine Träume ausdrücken. Ich kann Statements setzen. Das hört sich vielleicht komisch an – aber es ist so. Ich fühle mich beim Schreiben über neue Styles und beim Anprobieren von Kleidern und so total lebendig.«

Sie erklärt ihm, dass ihre Mutter ihr schon früh schöne Kleider genäht hat. »Wahrscheinlich steckt das irgendwie in meinen Genen. Meine Mama hat mir oft Fotos von damals gezeigt, als die Afghaninnen viel freier leben konnten.«

Leon hat keine Ahnung, wie lange sie schon unterwegs sind, er hat jedes Zeitgefühl verloren. Auf jeden Fall kommt die Bank da am Isar-Ufer wie gerufen. Er zeigt mit dem Finger drauf. »Kurz bisschen chillen?«

»Gute Idee«, sagt Yusra.

Als sie sich hinsetzen, fliegt eine Parfümwolke von ihr zu Leon rüber. Sie duftet wieder so herrlich nach Sommer-Mädchen-Parfüm wie an dem Tag in der Wohnung der Hemidis, an dem Leon sie zum ersten Mal sah.

»Coke?«, fragt Yusra.

»Oh ja, supergern«, sagt Leon. Der Spaziergang hat ihn total durstig gemacht, seine Kehle ist übelst trocken.

Als Yusra die erste Flasche aus ihrer Handtasche ziehen will, glitscht sie ihr aus den Händen und landet auf dem Sandweg vor der Bank. Sie und Leon beugen sich gleichzeitig runter, ihre Köpfe stoßen dabei zusammen. »Aua!«, brüllt Yusra, fasst sich an die Stirn und kriegt sich dann vor Lachen gar nicht mehr ein.

»Sorry, sorry, sorry!«, sagt Leon und muss sich ebenfalls total wegpacken.

Ihre Gesichter sind jetzt ganz nah beieinander, sie sehen sich an und Yusras Lachen verwandelt sich in einen auffordernden Blick. Ihre tiefbraunen Augen fixieren kurz Leons Lippen, dann schaut sie ihn wieder direkt an. Sie hat die ausdrucksstärksten Augen ever. Wunderschöne Bambi-Augen, die ihm so viel erzählen. Ein Blick, der ihm zeigt, dass er mit ihr verbunden ist.

Dicker, los gehts! Wenn nicht jetzt – wann dann?

Leon beugt sich ganz langsam noch näher an sie heran und schließt die Augen. Er spürt Yusras Atem. Ganz warm, ganz gleichmäßig. Ihre Lippen berühren sich, Yusras Lipgloss mit Schimmereffekt schmeckt nach Erdbeere. Als er sie küsst, vergisst Leon alles um sich herum. Er hört nicht die Vögel, die um sie fliegen und singen. Er hört nicht das Rauschen des Feierabendverkehrs. Er sieht auch nicht mehr die Spaziergänger und Hunde um sie herum. Er spürt nur. Er fühlt nur. Er fühlt Yusra.

Sein Herz tanzt.

Leon fühlt sich bei diesem Kuss so lebendig wie sonst nur beim Fußball.

* * *

Aras wird bestimmt übertrieben neugierig sein. Als Leon an seiner Tür klopft, überlegt er schon, wie er seinem besten Freund den Kuss mit Yusra beschreiben soll. Gibt es dafür Worte? Für den ersten Kuss des Lebens, und dann so einen?

Doch dann will Aras zu Leons Überraschung erst mal gar nichts von seinem Date wissen. Als er ihm die Tür öffnet, schaut er ihn nur ganz kurz an, sagt knapp »Hi, Bro« und konzentriert sich wieder auf sein Smartphone.

»Was machst du?«, fragt Leon ihn.

»Lese den Spielbericht über das erste Meisterschafts-Halbfinale. So krass, oder?«

Das erste Halbfinale! Der deutschen Meisterschaft!

Stimmt ja! Das war ja heute. Borussia Dortmund gegen die TSG Hoffenheim, übelster Titelfavorit gegen den Zweiten aus der Süd-Staffel.

Leon war so im Flash mit Yusra, dass er es mal komplett verplant hat. Seit Tagen sprechen alle im Internat über dieses Spiel, doch der Kuss hat Leon irgendwie auf einen anderen Planeten gebeamt. Planet Traummädchen. *Hallo, Fußball-Erde an Leon, bist du noch unser Bewohner, oder was?*

»Dicker, ich weiß, dass das heute Nachmittag war. Aber ich hab keinen Schimmer, wie es ausgegangen ist«, sagt Leon in beschämtem Ton.

Aras blickt ihn ungläubig an.

»Dein Ernst?«

»Ja, Mann. Lass mich raten: 4:1 für Dortmund.«

Aras lächelt und schüttelt den Kopf.

»Okay, dann 3:1.«

Aras grinst noch breiter und schüttelt den Kopf schneller.

»Du wirst nicht glauben, wie knapp es war«, sagt er. »Dortmund hat zwar 2:1 gewonnen. Aber erst in der Verlängerung. Und richtig unverdient, ich schwöre. Du weißt ja, was das bedeutet.«

Natürlich weiß Leon das.

Es bedeutet: Ziehen sie ins Finale ein, spielen sie dort gegen Sandro. Der nach seinem Wechsel innerhalb der Saison ein Sonderspielrecht vom Verband erhalten hat.

25 HAARIGE ANGELEGENHEIT

Die Maschine surrt und fährt gleichmäßig über Leons Schläfen. Farid, sein Stammfriseur mit Salon in der Nähe des Internats, wippt mit dem Kopf zum Beat von *Starboy* von The Weeknd und checkt mit prüfendem Blick ab, ob sein Kunstwerk auf beiden Seiten gleichmäßig geworden ist. Dann nickt er zufrieden und hält einen runden Handspiegel mit Plastikgriff so hin, dass Leon die Seiten seines Kopfes sehen kann.

»Voilà, mein Lieber. Was sagst du?«

Krass! Es ist genau so geworden, wie Leon es haben wollte. An beiden Schläfen ist die 7 einrasiert.

Eigentlich sind extravagante Frisuren im Internat nicht erlaubt, doch Leon hat gestern extra Trainer Maik gefragt, ob er im Meisterschafts-Halbfinale gegen Hertha diesen Style tragen darf. Weil das für ihn eine Extramotivation ist. Weil es ein besonderes Spiel ist. Maik hat etwas skeptisch geschaut, nach Leons Erklärung dann aber eingewilligt.

»Farid, Mann! Beste! Vielen Dank«, sagt Leon.

»Morgen ist euer Spiel, oder? Ich komm vorbei«, verspricht Farid.

»Mega!«, freut sich Leon, springt aus dem Friseurstuhl und läuft stolz zurück Richtung Internat.

Über die Nummer 7 wird morgen nicht nur wegen seiner neuen Frisur jeder sprechen, davon ist er überzeugt.

★ ★ ★

Besser kann man einen Freistoß nicht schießen. 30 Meter vor dem Tor, halb rechte Position. Alle Bayern lauern im Strafraum, Aras flankt den Ball mit perfektem Timing genau in den Lauf von Kofi, und der macht sich seine Größe von 1,90 Metern zunutze, springt höher als alle Verteidiger und köpft ins Tor. 1:0 für Bayern, 25. Minute.

In diesem Halbfinale gegen Hertha BSC läuft es viel runder als gegen Hamburg. Von Nervosität ist bei Leons Mannschaft keine Spur. Sie spielt superselbstbewusst und offensiv, Leon fordert schon in der eigenen Hälfte die Bälle und verteilt sie geschickt. Er ist total erleichtert, als er auf dem Rasen spürt, dass er die Truppe wirklich führen kann. Dass die Jungs ihn als Kapitän voll akzeptieren. Die Aussicht auf das Aufeinandertreffen mit Sandro im Finale beflügelt alle im Team, das kann jeder Zuschauer im Jugend-Stadion der Bayern sehen.

Kurz vor der Halbzeit die Entscheidung: Kofi hält von der Strafraumgrenze einfach mal drauf, Aras steht genau richtig und schiebt den Abpraller ein. 2:0.

In der zweiten Halbzeit versucht Hertha alles, wechselt zwei zusätzliche Stürmer ein. Doch die Bayern verteidigen geschickt und kommen nie wirklich in Gefahr. Der Schlusspfiff des Schiedsrichters ist kaum zu hören, so laut singt die Bayern-Bank in den letzten Minuten: *»Finaaaaleee, ohhhhh ohhhh, Finaaaaaaleeee, ohhhh ohhhhh …«*

★ ★ ★

»Ich würde mir gern neue Schuhe für das Finale bestellen.«

Leon sitzt bei Diana im Büro und schaut die Internatsmutter entschlossen an.

»Alles klar. Wieder die Vapor, Größe 44?«, fragt Diana.

»Ja genau. Aber diesmal besondere. Ich würde gern

eine Schrift auf den Außenrist der Schuhe drucken lassen.«

»Kriegen wir hin«, sagt sie. »Schreib mir hier auf, was draufstehen soll.« Sie reicht ihm einen gelben Post-it.

Leon greift sich den blauen Kugelschreiber, der auf dem Schreibtisch liegt, schreibt etwas auf den gelben Zettel, bedankt sich bei Diana und zischt ab.

Am Abend vor einem Finale wird Leon eigentlich immer ganz ruhig. Das ist bei jedem Spieler anders: Einige sind schon am Tag vorher total nervös, können nicht mehr still sitzen und reden doppelt so viel und schnell wie sonst. Kofi zum Beispiel, der gibt dann einen Song von Justin Bieber nach dem anderen zum Besten.

Und andere sagen eben gar nichts mehr.

Eine Woche ist seit dem gewonnenen Halbfinale gegen Hertha vergangen und die zurückliegenden Tage waren vollgepackt mit Trainings, Videoanalysen, Mannschaftsbesprechungen, Einzelgesprächen mit Maik, Massagen bei Physio Jurek und Taktik-Sitzungen. Jede Sekunde in Leons Leben und im Leben seiner Mitspieler war geprägt von zwei Wörtern: *Finale. Dortmund.*

Leon hat Aras, Kofi und Dejan deshalb ganz offen gesagt, dass er sich jetzt am besten mal etwas Zeit für sich nimmt. Die Jungs haben es verstanden und nun sitzt er auf seinem Bett und hört über seine Kopfhörer Kollegah rappen:

Du bist Boss
Wenn du Vollgas gibst mit deinen Talenten
Statt sie sinnlos zu verschwenden

Das Lied ist für ihn wie ein Ritual. Er hat es vor jedem seiner bisherigen Finals gehört: dem bayerischen Verbands-

Pokal mit Oberaudorf, dem Finale bei einem Turnier mit der Schulmannschaft. Und immer gewonnen. Früher waren das echt große Spiele für ihn. Jetzt kommt Leon das alles total klein vor. Wie krass das Spiel morgen im Gegensatz dazu ist.

Deutsche Meisterschaft!

Und dann noch ein echtes Finale zu Hause, im eigenen Stadion!

Mehr geht nicht.

Das Kollegah-Lied verstummt plötzlich kurz, weil sich eine E-Mail mit einem *Bing* ganz rücksichtslos bemerkbar macht. Leon öffnet sie sofort:

Von: familiekaltenberg@t-online.de
Gesendet: Samstag, 21:13 Uhr
An: leonkaltenberg@gmail.com

Betreff: Finaaaaale

Hallo mein Schatz!

Morgen ist dein großer Tag. Ich bin soooo stolz auf dich. Egal, wie es ausgeht: Für mich bist du der Beste!

Ich will dich jetzt auch gar nicht lange stören, wie ich dich kenne, bist du schon voll im Tunnel.

Ich will dir nur sagen, dass ich morgen natürlich ins Stadion komme. Und Papa auch! Wir hatten neulich Abend ein sehr gutes Abendessen beim Italiener (Giovanni hatte wieder so fantastische Bolognese und lässt dich ganz lieb grüßen) und haben endlich mal wieder ganz in Ruhe gesprochen. Du weißt ja, wie Papa ist, er kann es irgendwie nicht sagen, aber glaub mir: Auch er ist so was von stolz auf dich, aber hallo!

Wir freuen uns auf morgen.

Du packst das.

Kuss,

Mama

Als Leon spürt, dass seine Augen beim Lesen feucht geworden sind, überlegt er, wann er zuletzt vor Glück geweint hat. Oder überhaupt schon mal. Er kann sich nicht erinnern.

★ ★ ★

In der Kabine ist nichts zu hören außer dem Ticken der großen Uhr über der Tür. Es ist Punkt 12 Uhr. Noch eine Stunde bis zum Anpfiff. Noch 60 Minuten bis zum Spiel ihres Lebens.

Sogar Aras ist heute ohne Grinsen im Gesicht unterwegs. Und Kofi aka Justin Bieber singt ausnahmsweise mal nicht vor dem Spiel. Jeder fährt voll seinen Final-Film. Wie die Klitschkos früher vor ihren Kämpfen: Blick nach unten, nur das Nötigste noch an sich ranlassen. Und im Kopf alle Situationen durchgehen, die einen heute auf dem Rasen da draußen herausfordern könnten.

Maik schafft es mal wieder, die angespannte Atmosphäre mit einem Spruch für ein paar Momente zu lockern. »Jungs, was haben der BVB und ein Schulabbrecher gemeinsam? Beide haben keinen Abschluss.«

Die Jungs lachen. Maik lächelt und setzt dann wieder an: »Im Ernst, Leute: Dortmund ist die beste deutsche Mannschaft. Auf dem Papier besser als wir. Aber: na und? Die haben auch Schwächen. Sie brauchen nämlich viele Chancen. Johannes hat die Statistiken rausgesucht.«

Maik hält ein iPad hoch, auf dessen Display ein buntes Tortendiagramm zu sehen ist. »Hier. 198 Großchancen in dieser Saison – und nur 50 Tore. 50 Tore, das ist viel. Aber nur jede vierte Chance ein Treffer – das ist wenig. Seht es mal so rum. Glaubt an euch, Jungs!

Ich möchte die Ansprache heute kurz halten. Ihr wisst sowieso alles über Dortmund. Und ihr könnt alles. Ruft es einfach ab. Denkt nicht zu viel nach. Bringt euer Spiel durch.«

Er klatscht in die Hände. Das Zeichen für: *Auf gehts! Raus! Warm laufen!*

Die Stollen der Jungs klackern auf dem Kabinengang. In Trainingsjacken gehen sie auf den Rasen des Jugend-Stadions des FC Bayern, die Sonne schiebt die Wolken beiseite, die Luft ist schwülwarm, vom Bratwurststand am Eingang weht Senfgeruch rüber. Es riecht nach Fußball. Es riecht nach Finale.

Als Kapitän läuft Leon als Erster aus dem Kabinengang auf das Spielfeld. Er hat kaum den Fuß auf den Rasen gesetzt, schon hört er den Jubel der Zuschauer. Er dreht sich im Laufen um zur Haupttribüne und ist geflasht. Schon jetzt, knapp eine Stunde vor dem Spiel, ist kaum mehr ein Platz frei. Da sind Tausende Menschen.

Beim Warmlaufen scannt Leon aus dem Augenwinkel die Reihen auf Höhe der Mittellinie ab. Und entdeckt Yusra. Sie trägt ein knallrotes Oberteil und einen weißen Rock. *Unsere Klubfarben. Zufall? Oder habe ich Yusra jetzt zum Bayern-Fan gemacht?* Als sich ihre Blicke treffen, strahlt sie und winkt Leon zu. Er winkt im Laufen zurück, zeigt auf seine Schuhe und formt mit seinen Händen ein Herz. Erkennt sie von da, dass er ihren Namen auf seinen Schuh hat sticken lassen?

Yusra schaut neugierig, doch Leon glaubt zu spüren, dass sie die Schrift auf seinem Schuh aus der Entfernung nicht erkennen kann.

»Leeeoooon!«

Die Stimme kennt er nur zu gut. Sie gehört seiner Mutter. Sie sitzt ein paar Reihen über Yusra und winkt ebenfalls. Papa steht vor seinem Sitz neben ihr, er hält einen Pappbecher in der Hand und nickt Leon zu.

Leon lächelt sie beide an und dreht dann ab zum Rondo. Als er und seine Mitspieler sich zu dem Kreisspiel aufstellen, kommen auch die Dortmunder auf das Spielfeld gelaufen. Die extra aus dem Ruhrpott mitgereisten Eltern und Freunde auf der Tribüne klatschen. Und Leon spürt, wie ihn jemand fixiert.

Er lässt seinen Kopf kreisen und fängt Sandros Blick auf. Sein ehemaliger Internat-Konkurrent funkelt ihn an. Wenn Blicke töten könnten …

Nach dem Warmmachen gehen beide Mannschaften noch mal kurz in die Kabine. Trainingsjacken ablegen, Stutzen hochziehen, noch mal ein paar Minuten hinsetzen und in sich gehen. Leon isst eine Banane, wie vor jedem Spiel. Schnelle Kohlenhydrate und Kalium, das hilft den Muskeln, sagt Diana immer.

Aras gibt sich wie immer einen Red Bull Zero, Kofi zieht sich einen Proteinriegel mit Cookies-Flavour rein. Keiner der Spieler in der Kabine spricht. Dafür macht Maik noch einmal alle richtig heiß.

Dann klopft es auch schon an der Tür. Der Schiedsrichter. Er hat eine Glatze, trägt ein neongelbes Trikot, und als wäre er eine Giraffe, schlängelt er seinen Hals in die Kabine und ruft: »Bitte, meine Herren, wir wollen anfangen.«

Als Leon und die Jungs in den Gang Richtung Spielfeld treten, steht der Schiedsrichter mit seinen Assistenten erwartungsvoll da und bedeutet mit den Armen, wie sich die beiden Teams zum Einlaufen hinstellen sollen. Wie eine Stewardess im Flugzeug beim Erklären der Sicherheitshinweise bewegt er seine Arme nach links und rechts. Die Dortmunder sind nahezu zeitgleich aus der Kabine gekommen. Leon steht als Kapitän wieder ganz vorn, parallel neben ihm der Dortmunder Kapitän, Patrick.

Leon folgt ihm bei Instagram. Die beiden klatschen kurz ab.

»Viel Erfolg«, sagt Patrick. »Auf ein faires Spiel.«

»Euch auch! Auf ein faires Spiel«, antwortet Leon und bemerkt dabei, dass Sandro nur zwei Meter hinter den beiden steht.

Jeder Spieler nimmt ein Einlaufkind an die Hand, beim Finale ist das wie bei den Profis in der Bundesliga. Die Hand des kleinen Blondschopfs, der mit Leon auf das Feld darf, ist total nass.

Krass, Mann! Der ist noch aufgeregter als ich, denkt Leon.

Dann gibt der Schiedsrichter das Zeichen zum Einlaufen. Im Stadion wird es laut, der Stadionsprecher ruft *»Und hier – sind der FC Bayern München und Borussia Dortmund«* in sein Mikrofon und trotz des enormen Lärmpegels hört Leon hinter sich Sandro zischen: »Dich Penner machen wir fertig heute.«

27 KNÖCHELTIEF IN DER SCHEISSE

Auf dem Weg zum Rasen gehen die beiden Teams an einem Podest vorbei, auf dem der Verband die Jugend-Meisterschale aufgebaut hat. Alle Spieler blicken drauf. Sie ist etwas kleiner als die Schale bei den Profis in der Bundesliga – aber glänzt und funkelt genauso magisch.

Das verdammte Ding ist so nah, denkt Leon. *Und doch noch so weit weg.*

An der Mittellinie angekommen stellen sich die Mannschaften noch mal kurz auf, es wird die Hymne des Deutschen Fußball-Bundes gespielt. Leon schließt kurz die Augen. So muss es sich anfühlen, wenn Lewandowski, Hummels und Co. in der Champions League die legendäre Hymne hören. *Diiie Beeesten ...*

Der Schiedsrichter hält Leon eine Marke hin.

»Schwarz oder rot?«

»Beim FC Bayern natürlich immer Rot!«

Der Schiri lässt das Plastikplättchen durch die Luft fliegen, fängt es mit seinem Handrücken auf und zeigt Leon: rot. »Sie haben Anstoß«, sagt er.

Leon legt den Ball auf den Mittelpunkt, während Kofi mit geschlossenen Augen und offenen Handflächen betet. Der Schiedsrichter pfeift an. Und mit dem Pfiff bricht in Leons Körper eine Anspannung aus, die er nicht kennt. Eine Anspannung, die seinen Magen zusammenpresst.

Als er den ersten Ball auf Aras passt und damit das

Finale eröffnet, denkt er kurz an Yusra, an seine Mutter, an seine Jungs in Oberaudorf. Er denkt daran, dass gerade die wichtigsten 80 Minuten seiner bisherigen Karriere begonnen haben. Das Spiel deines Lebens, Mann.

Leon versucht den Druck einfach wegzulaufen. Er ist im offensiven Mittelfeld überall unterwegs, bindet immer wieder zwei Gegenspieler an sich und probiert Räume für den nachrückenden Aras zu reißen. Doch die Dortmunder pressen clever und sind meist einen Schritt voraus. Sie erobern fast immer den zweiten Ball, die Bayern kriegen kaum einen Rebound hin. Dadurch wird ihr Spiel sehr laufaufwendig, und als Leon kurz auf die Videowand schaut, sind 17 Minuten gespielt. Seine Lunge pumpt schon wie noch nie in seinem Leben.

»Leon!«, ruft Maik von draußen und kreuzt die Arme. Das bedeutet: Aras und er sollen öfter die Seiten wechseln,

um die Dortmunder Defensive zu verwirren. Aber soviel sie auch kreuzen – die Pässe kommen nicht im richtigen Moment. Der BVB geht immer gleich mit drei Mann auf Dejan und Adrian drauf. So kommt kein Spielfluss auf.

Leon schaut wieder kurz auf die Videowand – 32 Minuten gespielt. Der Dortmunder Kapitän Patrick läuft auf ihn zu und will ihn mit einer Körpertäuschung aussteigen lassen, doch Leon ahnt den Move und schnappt Patrick den Ball weg. Leon steht 40 Meter vor dem Tor und zeichnet in Gedanken einen Weg durch die drei Gegenspieler vor ihm. Er lupft den Ball leicht an, sodass der über die Füße der drei hinwegsegelt – und sprintet hinterher. Auf sein Tempo ist Verlass, er lässt alle drei stehen. Es sind immer noch 25 Meter bis zum Tor, eigentlich viel zu weit für einen Schuss, doch Leon denkt sich: *Scheiß drauf! Wenn wir eh nicht durchkommen, müssen wir es halt aus der Distanz probieren.*

Er zieht ab und spürt sofort, dass er den Ball gut getroffen hat. Ein Spieler merkt das immer in dem Moment, in dem der Ball den Fuß berührt. Sein Schuss ist ein Strich – und knallt gegen den Pfosten. *Shit, Mann!*

Wieder kriegen die Dortmunder den zweiten Ball und schalten überfallmäßig um. Leon ärgert sich noch über den Pfostenknaller, da sind die Schwarz-Gelben schon in der Bayern-Hälfte. Das Münchner Mittelfeld ist kurz nicht auf der Höhe, Adrian ist etwas zu weit aufgerückt bei dem Angriff eben – und dann geht es ganz schnell. BVB-Kapitän Patrick dribbelt auf das Tor zu, schaut nach links und spielt nach rechts, wo Sandro den Ball in einer flüssigen Bewegung annimmt und sich vorlegt und von der rechten Strafraumecke in die lange Ecke ballert.

1:0 für Dortmund.

Leon stützt sich enttäuscht und erschöpft mit den Händen auf seine Knie und muss zusehen, wie Sandro vor die Haupttribüne läuft und seinen Zeigefinger auf den Mund legt. Die *Pssst*-Pose. Soll wohl ausdrücken: *Hab ich euch euer Maul gestopft, ihr Scheiß-Bayern!*

Seine Mitspieler begraben ihn unter einer Jubeltraube, Kameraleute sprinten zu ihm und halten voll drauf. Ausgerechnet Sandro. Voll der Albtraum hier gerade.

Nach ein paar Sekunden richtet Leon sich auf. »Kommt, Jungs, weiter! Gar nichts los. Weiter jetzt!«, brüllt er und klatscht in die Hände.

Der Rückstand hat seine Mannschaft verunsichert, das merkt er gleich nach dem Wiederanstoß. Adrian spielt nur Sicherheitspässe und Aras kommt auf der Außenbahn nicht durch. Die Dortmunder hingegen sind weiterhin extrem konzentriert. Fünf Minuten nach ihrem 1:0 kommen sie zu einem Eckball. Sandro läuft zur Eckfahne, alle Bayern rechnen mit einer Flanke in den Fünfmeterraum und hängen sich dort an ihre Gegenspieler. Doch Sandro spielt den Ball flach in den Rückraum. Eine Variante, die neu ist beim BVB. Die in keiner Videoanalyse von Maik vor dem Finale vorkam. Sie müssen das in ihrem geheimen Abschlusstraining geübt haben. Bei dem konnten selbst die vom FC Bayern geschickten Scouts nicht zum Trainingsplatz durchdringen, um zu spionieren.

Am Strafraum lauert Patrick, die Bayern haben ihn völlig allein gelassen. Er fixiert den Ball an und schiebt ihn scharf ins linke untere Eck. Wie es Toni Kroos bei Real Madrid oft macht.

2:0 für Dortmund.

»MAAAAANN!«, brüllt Torwart Bene wütend, als er den Ball aus dem Netz holt. »Was ist los, Jungs? Was ist das für eine Abwehr?«

Kurz danach pfeift der Schiedsrichter zur Halbzeitpause.

Das Spiel scheint gelaufen. Der Frust ist den Bayern in die Gesichter geschrieben. Und er bahnt sich durch ihre Münder seinen Weg nach draußen.

»Dicker, spiel doch mal früher!«, brüllt Kofi auf dem Weg in die Kabine seinen Kumpel Aras an. Und Dejan gibt Adrian einen Klaps auf die Schulter und schnauzt: »Aufwachen, Junge. Was ist los mit dir?«

Scheiße! Jetzt machen wir uns auch noch selbst fertig, denkt Leon. Aus der Ferne hört er ein Grummeln, als würde ein Gewitter aufziehen.

In der Kabine steht Maik schweigend vor ihnen. Jeder seiner Spieler ist mit sich selbst beschäftigt. Lässt den Kopf hängen, hadert mit sich, mit der Mannschaft. Leon schaut wie die anderen starr auf den Boden.

Maik durchbricht das Schweigen irgendwann mit einem tiefen Seufzer.

»Jungs, ich bin immer ehrlich zu euch. Das wisst ihr. Und deswegen sage ich es euch ganz offen: Ich habe keine Ahnung, was jetzt zu sagen ist. Was soll ich als Trainer erzählen, wenn seine Mannschaft gerade die größte Chance überhaupt verschenkt? Wenn sie weit hinter ihren Möglichkeiten zurückbleibt? Wenn sie sich von den Scheiß-Dortmundern den Schneid abkaufen lässt? Wenn sie Sandro einfach ein Tor schießen lässt?

Keine Ahnung. Aber ich kenne jemanden, der eine Antwort darauf weiß. Und dem hört ihr jetzt bitte zu. Und zwar ganz genau!«

Maik nickt Co-Trainer Johannes zu, und der startet per Klick auf das Touchpad seines Laptops ein YouTube-Video, das auf der Beamer-Leinwand in der Kabine beginnt zu laufen. Der Hollywood-Star Al Pacino ist zu sehen. Es ist eine Szene aus dem Film *An jedem verdammten Sonntag*, in dem Pacino einen Football-Trainer spielt. Wie Maik steht er vor seiner Mannschaft, und als Pacino zu sprechen beginnt, blickt keiner in der Bayern-Kabine mehr auf den Boden. Alle Blicke sind auf die Leinwand gerichtet und Pacino legt los.

Er sagt, dass es nur zwei Optionen gibt: Als Team bestehen. Oder zerbrechen.

»Wir stecken knöcheltief in der Scheiße, Männer. Und wir können da hocken bleiben und uns den Arsch aufreißen lassen – oder wir können uns wieder nach oben kämpfen.« Er fährt fort und erklärt, dass er das nicht für die Mannschaft tun könne. Die Kleinigkeiten würden entscheiden. Jeder müsse um jeden Zentimeter kämpfen.

»Weil wir wissen: Wenn wir die Zentimeter zusammenzählen, die wir geholt haben, ergibt das am Ende den verdammt wichtigen Unterschied zwischen Gewinnen und Verlieren.«

Pacino macht immer wieder Pausen. Dann fordert er seine Spieler auf, sich den Teamkollegen neben sich anzusehen.

»Ihr werdet einen Mann sehen, der bereit ist sich selbst für das Team zu opfern. Weil er genau weiß: Wenn es drauf ankommt, dann tust du dasselbe für ihn.

Das ist ein Team, Gentlemen.« Und am Ende seiner Rede fragt er: *»Also … Was werdet ihr tun?«*

Maik und Johannes haben die Kabine bereits während des Films unbemerkt verlassen. Jetzt spürt Leon, dass er die Verantwortung übernehmen soll und muss.

Er weiß, dass nur noch zwei Minuten oder so bleiben, dann wird der Schiedsrichter sie wieder aus der Kabine holen.

Er fasst sich ein Herz und stellt sich in die Mitte der Kabine. »Jungs, der alte Typ in dem Film hat recht. Es ist noch nicht vorbei! Es liegt an uns! Erste Halbzeit war scheiße, von allen. Jetzt keine Schuldzuweisungen! Wir geben jetzt alle noch mal alles. Wir lassen uns doch nicht abfucken, erst recht nicht von Dortmund!«

»Ja, Mann!«, brüllt Aras.

»Genau! Wir ziehen durch jetzt!«, ruft Bene.

Sein Satz ist wie ein Startschuss. Jetzt brüllen alle in der Kabine, klatschen sich ab, ziehen sich die Stutzen hoch. Kofi ballert mit seinen Fäusten gegen die Wand, schreit: »Come on, Jungs!« Alle sind total motiviert. Leon blickt stolz in die Runde.

Und dann klopft der Schiedsrichter an die Tür.

★ ★ ★

Die Bayern starten gut in die zweite Halbzeit. Leon spielt immer wieder Doppelpässe mit Aras, so kommen sie jetzt viel besser bis zum Strafraum der Dortmunder durch. Klare Chancen erspielen sie sich allerdings nicht, der BVB verteidigt am 16er weiter stark.

Als Leon nach einem Steilpass von Dejan 20 Meter vor

dem Tor zum Dribbling ansetzt, freie Schussbahn hat und gerade den Ball anvisiert, kriegt er eine Kniescheibe voll auf seinen linken Oberschenkel gedrückt. Er fliegt hin und sieht im Fallen, wer ihn so umgeholzt hat: Sandro.

Als Leon am Boden liegt, lächelt Sandro ihn verächtlich an. Der Junge versprüht die pure Aggressivität, seine Augen schießen Blitze. Und Leon lässt sich anstecken. Die Schmerzen im Oberschenkel, der Frust über den Rückstand und die Wut auf Sandro lassen ihn beinahe explodieren. Er schießt vom Boden hoch und stellt sich Nase an Nase mit Sandro. Sandro weicht keinen Millimeter zurück. Wie zwei Boxer vor dem Kampf stehen sie da. *Dem Wichser jetzt eine schöne Kopfnuss geben, das wärs. Hätte er so krass verdient*, denkt Leon.

Er hört zu, wie sich die beiden Stimmen in seinem Kopf streiten. *Gib ihm! Der will es nicht anders!*, sagt die eine Stimme.

Und die andere: *Wenn du dich jetzt nicht im Griff hast, fliegst du runter! Wie Zinedine Zidane im WM-Finale 2006. Wie Franck Ribéry in manchem Spiel der Bayern. Reiß dich zusammen, verdammt. Schluck die Wut jetzt einfach runter!*

Leon hört auf die zweite Stimme – und überwindet sich gerade noch, sich von Sandro abzuwenden.

»Ey, Schiri, das kann ja wohl nicht sein! Den musst du runterstellen!«, brüllt Maik von der Seitenlinie.

Der Schiedsrichter sprintet heran und zeigt Sandro lediglich die Gelbe Karte. Sandro weiß genau, dass er damit gut bedient ist, und grinst erst Leon und dann Maik frech an. Richtig diabolisch.

57 Minuten sind schon gespielt, das zeigt die Videowand. Leon denkt an das HSV-Spiel neulich und hat wieder dieses eklige Gefühl, dass seiner Mannschaft die Zeit wegläuft. Obwohl sie jetzt viel besser spielt als in der ers-

ten Halbzeit und hinten stabil steht, fehlen die Chancen. *Ist eben nicht Hollywood hier*, denkt Leon und hat kurz Al Pacino vor Augen. Das hier ist die Realität.

Und jetzt entlädt sich das Gewitter, das sich bereits angekündigt hatte. Es donnert, es blitzt und eine Art Sturzregen setzt den Rasen innerhalb weniger Minuten unter Wasser. Sein Trikot hängt wie ein nasser Sack an Leons Oberkörper, der Ball wird extrem schnell auf dem Rasen, und nur mit viel Mühe kriegt er einen Pass auf Dejan hin, ohne auszurutschen. Der Dortmunder Verteidiger, der seinen Pass abfangen will, hat zum Glück noch weniger Halt und fliegt hin. Der Ball rollt durch bis zum 16er – und Dejan steht plötzlich allein vor dem Torwart. Dejan hebt den Kopf, holt aus und schiebt den Ball durch die Beine des Keepers. Getunnelt. Nur noch 1:2.

Die Bayern-Jungs schauen sich überrascht an, der

Anschlusstreffer kam wie aus dem Nichts. Dejan holt sofort den Ball aus dem Tor und zeigt mit seiner zur Faust geballten Hand an: *Los, Jungs, weiter, wir sind wieder dran*.

Leon postiert sich jetzt etwas weiter hinten, um sich die Bälle zu holen und dann im Mittelfeld das Spiel aufzuziehen. In den Angriffen der Bayern ist jetzt ein ganz anderer Zug drin, die sonst so coolen Dortmunder schwimmen hinten ganz schön. Und zwar nicht nur wegen des Dauerregens, sondern weil ihre Gegner jetzt so Druck machen. Vor allem Leon, Aras und Dejan.

Die Bayern spüren, wie aus ihrem winzigen Funken Hoffnung zu Beginn der zweiten Halbzeit jetzt der pure Glaube geworden ist. Wie der Anschlusstreffer eine glühende Leidenschaft in ihnen entfacht hat.

Leon blickt auf die Videowand.

Noch 15 Minuten.

Kofi dribbelt sich durch die Abwehr, läuft auf den Torwart zu und holt aus, Dejan reißt schon erwartungsvoll die Arme zum Jubeln hoch – doch Dortmunds Torwart hält.

Noch zehn Minuten.

Doppelpass zwischen Leon und Aras, 18 Meter vor dem Tor kommt Aras zum Schuss, der Ball geht knapp drüber.

Noch sechs Minuten.

Leon und seine Mitspieler greifen jetzt immer unkontrollierter und wütender an, sie verlieren die Geduld. Viele ihrer Angriffe verpuffen. »Drecksscheiße!«, brüllt Aras, als ihm auf dem nassen Rasen ein Ball ins Aus springt.

Noch vier Minuten.

Das Gewitter will einfach nicht aufhören. Das Publikum raunt jetzt bei jedem Ballverlust.

Die Bayern hauen inzwischen fast nur noch hohe Bälle an den Strafraum der Dortmunder. Adrian ist mit aufgerückt, die Trainer der beiden Mannschaften brüllen aufgeregt von den Seitenlinien irgendwelche Anweisungen, die jetzt sowieso keiner mehr versteht. Borussias Kapitän Patrick klärt eine Flanke von Aras – und der Ball landet bei Leon, der im linken Halbfeld lauert. Er blickt kurz hoch und erkennt im Fünfmeterraum nur ein Wirrwarr aus rot-weißen und schwarz-gelben Trikots.

Einfach irgendwie scharf auf den ersten Pfosten, denkt Leon. Er feuert seine halbhohe Flanke ab und blickt dem Ball nach. Aras hat offensichtlich geahnt, was Leon vorhat. Er löst sich von seinem Gegenspieler und sprintet dem Ball entgegen, er streckt seinen Fuß und lässt den Ball vom Außenrist in die kurze Ecke prallen, in bester Lewandowski-Manier.

Der Dortmunder Torwart ist chancenlos.

2:2!

Auf Leons Gesicht legt sich ein fettes Grinsen, wie alle

anderen rennt er zu Aras und auf dem völlig durchnässten Rasen stapeln sich die Jungs übereinander. Alle brüllen vor Freude.

Beim Aufstehen fällt Leons Blick auf die Videowand.

79. Minute.

Puh, länger hätten wir uns nicht Zeit lassen dürfen.

Nach zwei Minuten Nachspielzeit pfeift der Schiedsrichter ab. Verlängerung.

Leon und Aras nutzen die kurze Pause bis zum Wiederanpfiff, um sich von Physio Jurek und dessen zwei Kollegen, die extra für das Finale als Verstärkung gekommen sind, auf dem Spielfeld kurz die Oberschenkel massieren zu lassen. Die Dortmunder stehen und sitzen um ihre Ersatzbank herum, die Erschöpfung ist ihnen anzusehen. Leon beobachtet, wie Sandro sich immer wieder an seinen rechten Oberschenkel fasst.

Nach ihrem späten Ausgleich sind die Bayern euphorisiert und mobilisieren noch mal alle Kräfte. Dejan setzt sich auf der linken Seite schön durch und will gerade auf den am Strafraum lauernden Leon zurücklegen, als ihn einer der bulligen Dortmunder Innenverteidiger umgrätscht. Der Schiedsrichter hat es nicht gesehen und lässt weiterspielen.

Maik kann sich auf der Trainerbank nicht mehr halten. Er springt aus der Coaching-Zone hervor und brüllt mit knallrotem Gesicht: »Schiri, bist du noch ganz dicht? Tomaten auf den Augen, oder was?«

Der Schiedsrichter unterbricht sofort das Spiel, geht langsam auf Maik zu und zeigt mit seinem Arm Richtung Tribüne. Das wars für Maik. Der Schiri verbannt ihn zur Strafe zu den Zuschauern.

Maik schimpft noch weiter, weiß aber, dass er keine Wahl hat, und tritt den Weg auf die Ränge über ihm an. Auf der Treppe dreht er sich noch einmal um, schaut

Leon an und ruft: »Jetzt musst du das machen. Bring es zu Ende.«

Bring es zu Ende.

Der Satz spornt Leon total an. Er ist jetzt derjenige, auf den es ankommt. Er fühlt sich, als hätte er Antennen auf dem Kopf, die ihn über das Spielfeld leiten.

Seine Pässe kommen genau in den Fuß seiner Mitspieler und er steht auch bei den zweiten Bällen beinahe immer richtig. Und dennoch geht die erste Halbzeit der Verlängerung torlos zu Ende. Er spürt, wie seine Mitspieler Angst vor Fehlern haben. Typisch Verlängerung halt – keiner will zu viel riskieren, beide Mannschaften spielen abwartend.

Die Halbzeitpause der Verlängerung ist so kurz, dass die Teams nicht in die Kabinen gehen. Maik ist auf der Tribüne und kann keine Ansprache halten, also übernimmt Leon das. Er holt die Jungs zu einem Kreis zusammen, sie fassen sich Schulter an Schulter, Leon steht in der Mitte und schwört sie ein: »Ey, wir brauchen nur eine Szene. *Eine* Szene. *Eine Aktion*. Dann haben wir sie. Die sind fertig. Die können nicht mehr. Schaut euch Sandro an, der ist stehend k.o. Lasst uns Aras, wann immer es geht, anspielen. Vorne trauen wir uns noch mal was.«

Die Luft hat sich durch das Gewitter abgekühlt und prickelt auf seiner Haut.

Die ersten Minuten der zweiten Halbzeit sind zerfahren, trotz Leons Worten kommt seine Mannschaft nicht durch die Dortmunder Abwehr, die aus einer Viererinzwischen eine Sechserkette gemacht hat. Das Selbstvertrauen des BVB hat nach der verspielten Führung sichtlich gelitten, Sandros Team will sich offensichtlich nur noch ins Elfmeterschießen retten.

Eine Flanke von Kofi versucht der Dortmunder Innenverteidiger aus der Gefahrenzone zu dreschen, trifft den

Ball aber nicht richtig – und schlägt eine Kerze. Der Ball fliegt gerade hoch. Sandro und Leon stehen an der Grenze zum Dortmunder Strafraum nebeneinander, berechnen beide den Ball. Sie steigen im selben Moment hoch, Sandro fährt seinen Ellenbogen aus und auch Leon drückt sich mit vollem Körpereinsatz gegen ihn. Beide machen reflexartig beim Hochsteigen die Augen zu und der Ball landet auf Sandros Arm.

»HAAAAAND!«, hört Leon jemanden schreien. Es ist Aras, der neben ihm steht. Und diesmal pfeift der Schiedsrichter tatsächlich und zeigt sofort an: Freistoß!

Noch eine Minute.

Sandro bepöbelt den Schiri. Dieser macht ihm mit seiner Gestik deutlich, dass er Gelb-Rot kriegen wird, sofern er sich nicht *sofort* beruhigt. Dann will Sandro auch noch den Ball wegwerfen, um Zeit zu schinden. Doch Aras ist

schneller und schnappt sich das Ding.

Er geht straight auf Leon zu und drückt ihm den Ball in die Hand. »Dicker, das ist deiner. Mach ihn einfach.«

Leon nickt sachte und legt sich den Ball zurecht. Ventil nach oben, wie immer. Mit der Fußsohle kratzt er über das Stück Rasen neben dem Ball, um eine ebene Stelle zu schaffen, und schiebt den Ball mit dem Innenrist genau da hin. Das Nachjustieren dauert etwas, doch die Dortmunder beschweren sich vor Erschöpfung nicht mal mehr beim Schiri über die Zeit. Der verzieht keine Miene und zeigt Leon einfach nur an: Spielen!

Leon zählt die Schritte, die er im Rückwärtsgang nach hinten geht. Genau sechs. Er visiert den Ball an, bleibt einen Moment stehen und saugt die Luft ein. Dann läuft er los. Wird mit jedem Schritt schneller. Er denkt an seinen ersten Tag im Internat. An die Verletzung. An all die Trainings. An Yusra. An Sandro. Alles fliegt an seinem inneren Auge vorbei wie ein Film, den jemand auf 32-facher

Geschwindigkeit vorspult. Dann trifft Leons Fuß den Ball. Sein Schuh berührt ihn genau mit der Stelle zwischen Innenrist und Spann, auf die Leon die schönsten fünf Buchstaben hat sticken lassen, die er kennt: *Yusra*.

Er sieht seinem Schuss nach, wie er um die Mauer aus BVB-Spielern segelt. Wie der Ball mit Spin erst vom Tor weg- und dann zum Tor hindriftet. Wie der Dortmunder Torhüter sich in die Ecke wirft. Und doch nicht an den Ball kommt, der genau neben dem Pfosten einschlägt und danach im Netz zappelt. Jeder Tropfen Blut seines Körpers schießt in einem Ferrari-Tempo direkt in Leons Herz. Volltreffer!

Er müsste jetzt die Arme hochreißen, doch sie fühlen sich zu schwer an. Leon ist von seinem Tor geschockt. »3:2 für den FC Bayern«, verkündet der Stadionsprecher, und Aras, Kofi, Dejan, Bene und all die anderen aus seiner Mannschaft springen auf ihn drauf, streicheln ihm über den Kopf, reißen vor Freude an seinem Trikot. »Das muss es jetzt sein! Deutscher Meister! Wie krass bist du denn?«, brüllt Aras mit weit aufgerissenen Augen in sein Ohr. Auf den Tribünen jubeln die Zuschauer.

Doch all das hört Leon nicht mehr. Sein Glück überwältigt ihn in diesen Sekunden derartig, dass er die Kontrolle verliert. Als er seine flackernden Lider öffnet, sieht er Yusra, wie sie ihm von der Tribüne zujubelt. Und seine Eltern.

Der Schiedsrichter pfeift noch mal kurz an, es kann sich doch jetzt nur noch um Sekunden handeln, denkt Leon. *Pfeif ab, Mann! Pfeif endlich ab!*

Dann nimmt der Giraffenmann die Pfeife in den Mund. Drei Pfiffe für die Ewigkeit.

Auuus! Auuus! Auuus!

Was für eine Erlösung.

Nach den Sternen greifen.

Die Hände im Himmel haben.

Und mit den Füßen am Boden bleiben.

Die Sterne fühlen sich geil an, denkt Leon und strahlt. *Richtig geil, Mann.*

28 DIESER MOMENT, WENN ...

Die Bayern-Jungs haben sich gegenseitig die Arme um ihre Schultern gelegt, stehen in einer Reihe an der Mittellinie und warten auf den großen Augenblick – die Übergabe der Meisterschale.

Dieser Moment, wenn du endlich das Ding hast!

Der DFB-Präsident, der ranghöchste Mann im deutschen Fußball, ist extra aus der Zentrale in Frankfurt am Main hergeflogen und steht in einem schwarzen Anzug und mit blauer Krawatte feierlich bereit, um den Sieger zu ehren.

Die meisten Dortmunder sind mit all ihrer Enttäuschung bereits in die Kabine geflüchtet, ihre Silbermedaillen wollen sie jetzt gar nicht haben. Lediglich ein paar BVB-Talente liegen noch enttäuscht auf dem Rasen.

Einer von ihnen ist Sandro.

Der sieht mal richtig zerstört aus. Und hält sich immer noch den rechten Oberschenkel.

Als Leon ihn dort liegen sieht, kann er nicht anders, als zu ihm zu gehen. Während der paar Meter zu Sandro zögert er. *Soll ich echt? Er wollte mir alles kaputt machen!* Doch irgendwie spürt Leon keinen Hass mehr. Irgendwie ist es jetzt anders.

»Gut gespielt, Mann«, sagt Leon und streckt ihm die Hand aus, um ihn hochzuziehen.

Sandro blickt einen Moment starr auf Leons Finger, auch er zögert. Offenbar wägt er ab, ob Leon ihn verarschen will. Nach einigen Sekunden dann presst er hervor: »Glückwunsch. Ihr habt verdient gewonnen. Ich kann nicht aufstehen gerade. Immer noch der Scheißkrampf, schon die ganze Verlängerung über.«

Leon sieht jetzt, dass Sandros Oberschenkelmuskel total zugemacht hat. »Streck das Bein aus«, fordert er ihn auf.

Sandro folgt seiner Anweisung und Leon drückt ihm innerhalb weniger Sekunden den Krampf raus.

»Danke«, sagt Sandro. Sein Blick ist schlechtes Gewissen pur. »Ich glaube, ich habe ganz schön Scheiße gebaut in den letzten Wochen. Ich war es auch, der Wenzing die Story mit dir und Dortmunds Jugendchef gesteckt hat. War 'ne Lüge. Hab viel nachgedacht darüber in den vergangenen Tagen. Es tut mir leid. Wie weit ich gegangen bin, unfassbar eigentlich ... Es ist doch nur Fuß-

ball.«

Er streckt Leon die Hand hin und blickt ihm fest in die Augen. Leon schlägt ein und lächelt. »Das ist es ja. Es ist Fußball.«

Leon klopft Sandro zum Abschied auf die Schulter und trabt zurück zu seiner Mannschaft. Die Jungs haben bereits ihre Medaillen um, sie beugen sich mit ausgestreckten Armen vor, wedeln mit ihren Händen und machen *»Oooooh ...«*. Dann gibt es endlich die Meisterschale. Vom DFB-Präsidenten persönlich. Er überreicht die Trophäe nach Jugend-Endspielen an den Kapitän, wie bei den Profis in der Champions League.

Leon kann es kaum abwarten und reißt sie dem Präsi fast schon aus den Händen. Er geht in die Knie, setzt zur La Ola an und mit einem dreifachen *»Ey, ey, ey«* entlädt sich all seine Spannung. Wie eine Explosion.

Als Leon die Schale in den verregneten Münchner Himmel stemmt und Konfetti auf ihn und seine Jungs herabregnet, springen alle wie verrückt übereinander.

Leon spürt, wie sich in seinem Körper eine fantastische Zufriedenheit ausbreitet. So komplett hat er sich noch nie gefühlt. Nur ein Puzzleteil fehlt noch, damit alles hundertpro perfekt ist. Und dieses verdammt hübsche Puzzleteil sieht er gerade von der Tribüne auf sich zurennen.

Yusra strahlt. Sie breitet ihre Arme aus und springt Leon an. Er fängt sie auf, Yusra hakt sich mit ihren Beinen in seine Ellenbogen und gibt ihm einen fetten und leidenschaftlichen Kuss.

»Du bist der Beste!«, kreischt sie. Leon drückt sie ganz fest und wirft sie in die Luft, Yusra jauchzt vor Freude. »Wir haben es geschafft«, brüllt Leon. »Wir haben es geschafft!«

Er zeigt mit seinen Fingern auf seine Schuhe. »Gesehen? Ich hab mir deinen Namen draufsticken lassen. Hat Glück gebracht.«

Yusras Augen werden ganz groß, als sie die Buchstaben auf den Fußballschuhen sieht. »Du bist verrückt. Aber cool verrückt«, sagt sie und dreht sich zu den Menschen um, die hinter ihrem Rücken klatschend immer näher kommen. Leons Eltern.

»Hey«, ruft Leon und geht freudetaumelnd einige Schritte auf sie zu. Seine Mutter umarmt ihn und weint dabei vor Freude, sie kriegt keinen Ton raus vor Rührung. Sie streicht Leon einfach nur über den Kopf. Es fühlt sich wunderbar an.

»Junge, du bist der Wahnsinn«, sagt sein Vater und lacht. All seine Zweifel sind Geschichte. Leon lächelt ihn an und umarmt ihn. »Danke. Ich danke euch beiden. Für alles.« Dann zeigt er auf Yusra. »Und das ist übrigens meine Freundin. Darf ich vorstellen: Yusra. Und, Schatz, darf ich umgekehrt vorstellen: Meine Eltern.«

Sabine und Frank Kaltenberg grinsen. »Wissen wir doch längst. Wir haben uns auf der Tribüne bekannt gemacht«, sagt Leons Mama. »Du bist ein echter Gewinner, mein Liebling. Dieses Mädchen ist großartig. Ein Volltreffer!«

29 VIER WOCHEN SPÄTER

Auf und ab. Auf und ab. Dehnen, auf der Stelle sprinten und dabei immer wieder aus dem Augenwinkel Richtung Spielfeld und Ersatzbank blicken. Und nicht zu nah an die Torauslinie kommen.

Warm machen vor 75 000 Menschen ist ganz schön krass.

Leon spürt die neugierigen Blicke von den Stehplätzen in seinem Rücken. Er trägt ein gelbes Leibchen und zieht das Aufwärmprogramm vor der Südkurve jetzt schon 15 Minuten durch. Es ist 17:12 Uhr, es steht 3:0 für den FC Bayern, die Partie ist längst entschieden, es sind nur noch drei Minuten plus Nachspielzeit zu spielen und der Trainer hat bereits zweimal gewechselt. Heute passiert es also noch nicht, denkt sich Leon.

Und dann passiert es doch.

Der Co-Trainer der Münchner winkt wild in seine Richtung. Direkt neben Leon stehen Nationalspieler mit vielen Hundert Spielen Erfahrung. Einer von ihnen zeigt mit den Händen auf seine Brust und fragt damit den Co-Trainer: *Ich? Soll ich kommen?*

Doch der Co-Trainer winkt ab und zeigt jetzt genau auf Leon.

Krass.

Der meint mich.

Leon sprintet um das Spielfeld Richtung Trainerbank, im Laufen reißt er sich hektisch das Leibchen vom Körper.

Er wirft es einem Betreuer zu, zieht seine Stutzen zurecht und steckt sein Trikot in die Hose. Der Trainer nimmt ihn in den Arm.

»Okay, Junge. Deine ersten Minuten in der Bundesliga. Genieß es.«

Leon nickt. In seinem Körper ballert die volle Ladung Anspannung.

Der Schiedsrichter-Assistent hebt seine Digitaltafel und darauf erscheint in Grün die Nummer 21. Leons neue Nummer bei den Profis. Dreimal seine 7. Und daneben, in Rot, die Nummer 25, der Publikumsliebling. Dieser Top-Stürmer joggt langsam vom Mittelkreis Richtung Auslinie, die Fans verabschieden ihn mit Applaus. Und als er die Seitenauslinie erreicht hat, klatscht er mit Leon ab und brüllt ihm ins Ohr: »Gib Gas, Junge!«

Die Stimme des Stadionsprechers dröhnt aus den gewaltigen Boxen der Arena. »Auswechslung beim FC Bayern. Aus dem Spiel geht unsere Nummer 25, wir bedanken uns für ein großartiges Spiel.«

Dann fährt der Stadionsprecher fort: »Und neu im Spiel unsere Nummer 21. Sein erster Einsatz für die Profis, unser frischgebackener Junioren-Meister. Unsere Zukunft, Freunde! Leon …«

Auf den riesigen Videowänden des Stadions erscheint Leons Gesicht, sein Name und seine Trikotnummer.

»Kaltenberg!«, schreien die Fans.

Zumindest diejenigen der 75 000, die Leon schon kennen. Das scheinen einige zu sein. Sie brüllen nicht so laut wie sonst bei Thomas Müller oder Jérôme Boateng oder Mats Hummels. Aber schon so laut, dass Leon ein Schauder über den Rücken läuft. So laut, dass er seine eigenen Gedanken nicht mehr hört.

Leon will einfach nur, dass dieser Moment niemals endet.

Der Moment, für den sich alles gelohnt hat.

Der Moment, der nach Zukunft schmeckt.

Dieser Moment, in dem alles einen Sinn ergibt.

Er bekommt den ersten Pass. Leon nimmt ihn mit dem Rücken zum gegnerischen Tor im Mittelfeld an und dreht sich mit dem Ball am Fuß blitzschnell um sich selbst.

Und dann hört er auf zu denken.

Er macht nur noch das, was er am allerliebsten tut in seinem Leben.

Leon Kaltenberg spielt Fußball.

DANKE!

Der Fußball hat mich seit meiner Jugend geprägt – mir so viel beigebracht über Freundschaft, Fairness, Ziele, Arbeit, Freude, Zusammenhalt, Optimismus. Über das Leben. Danke, Fußball! In Form dieser Geschichte möchte ich dir etwas zurückgeben.

Mit dem Schreiben des Buches habe ich mir einen Traum erfüllt. Es soll vor allem Spaß machen. Und motivieren. Ich hoffe, liebe Leser und Leserinnen, dass mir dieses Vorhaben gelungen ist. Ich danke euch für euer Interesse, das ich sehr zu schätzen weiß.

Fantastische Menschen haben mir beim Schreiben und Produzieren dieses Buches geholfen.

Dennis Wohlfeil – ohne dich wäre es nicht möglich gewesen. Ich bin dir ewig dankbar.

Rebecca Wiltsch – die Zusammenarbeit war großartig, danke für alles. *Come on, St. Pauli!*

Hanna Kelbert – du hast meine Idee »rausgefischt« und an sie geglaubt. Von Anfang an. Vielen Dank!

Ich danke dem gesamten Carlsen Verlag für das Vertrauen.

Ganz besonders bedanke ich mich bei Mats Hummels für das wunderbare Vorwort. Wie Leon hast du immer an deinen Traum geglaubt und bist für Jungs wie ihn ein Vorbild.

Die erste Leserin war meine Julia – ich liebe dich. Danke für alles, für unser Leben.

Unbeschreiblich großen Dank an meinen Vater, der mich in der Jugend immer zu Fußballspielen fuhr und unterstützte. Unbeschreiblich großen Dank an meine Mutter, die klaglos ganze Mannschaftssätze verdreckter Trikots, Stutzen und Hosen wusch.

Einen Riesendank an unseren Fabi, der so eine krasse Jugendtrainer-Karriere hinlegt und mit seiner Expertise und kritischem Auge beim Lesen und so vielen super Anregungen enorm geholfen hat. Wir sind stolz auf dich, du toppst Nagelsmann und alle!

Danke an meine Mannschaftskollegen von damals beim Eimsbütteler TV und Niendorfer TSV sowie an die Originale des Hamburger Fußballs und meine grandiosen Freunde: Phil, Sepp, Kathi, Misha, Alina, Kramer (eure tollen Jungs sind ja bald groß genug für das Lesen des Buches), Robert, Mike, Adrian, Leni, Jurek, Axel, Roman, Orti, Schüller und Fabi Pfefferle, Amir, Linne, Fabio, Daniel und Drago.

Wir waren nicht auf Leons Level – und doch war vieles ähnlich. Eine großartige Zeit, die wir nie vergessen werden.

Dieses Buch ist auch für euch.